書下ろし

# はないちもんめ

有馬美季子



祥伝社文庫

# 目次

# 第一話　賑《にぎ》やか鮪《まぐろ》丼

# 一

晴れ渡った空の下、奈良茶飯《ならちゃめし》のふっくらと、どこか懐かしく温かみのある匂いが、店から通りに広がっている。

「ちょっと寄ってくか」

ちょうど昼飯刻《どき》、昆布出汁《こんぶだし》と醬油《しょうゆ》で炊《た》き上げた飯の匂いにつられ、ごくりと喉《のど》を鳴らして立ち止まる者も多かった。

その料理屋〈はないちもんめ〉は、八丁堀《はっちょうぼり》の旦那たちの役宅の近く、北紺屋《きたこんや》町《ちょう》にある。夜になると酒も出し、与力や同心たちの溜まり場にもなっていた。〈はないちもんめ〉は、お花《はな》、お市《いち》、お紋《もん》の女三代で営《いとな》んでおり、店の名は女たちの名に因《ちな》んでいる。

寛政《かんせい》九年（一七九七）にお紋が亡夫と始めた店なので、文政《ぶんせい》五年（一八二二）の今では、既《すで》に創業二十五年だ。なかなかの広さの店は、今日も客たちで賑わっていた。

忙しい昼飯刻、お市は、にこやかに料理を運ぶ。

「はい、旦那。お待ちどお」

「おう」

お市に料理を出され、同心・木暮小五郎《こぐれこごろう》は目尻を垂らした。元々締まりのない顔なのだが、お市の前ではいっそうだらしない面持《おもも》ちになる。奈良茶飯・豆腐汁《とうふじる》・目刺《めざ》し・御香々《おこうこう》の昼餉《ひるげ》を眺め、木暮は唇を舐《な》めた。奈良茶飯・豆腐汁・目刺し・御香々の昼餉は、木暮の最も好きな組み合わせだ。

「どれ、早速」

木暮はまずは豆腐汁を啜《すす》り、「うむ。旨《うま》い」と、笑みを浮かべた。お市もつられて、いっそう笑顔になる。

木暮は豆腐汁をずずっ、ずずっと飲み、大きく口を開け、奈良茶飯を頰張《ほおば》った。嚙《か》み締め、吞《の》み込み、満足げに頷《うなず》く。

「さすが、この店の名物だけある。いつ食っても、旨い」

「褒《ほ》めてもらえて、嬉しいわ」

奈良茶飯とは、茶飯に大豆《だいず》や小豆《あずき》、栗《くり》、慈姑《くわい》などを混ぜて炊いたものだ。奈良の東大寺《とうだいじ》や興福寺《こうふくじ》で炊き出したので、この名があるという。

塩・昆布出汁・醬油・茶を煎《せん》じた汁・米に、それらの具材を混ぜ合わせ、炊き上げる。〈はないちもんめ〉では具材に旬《しゅん》の物を使い、卯月《うづき》の今は、蚕豆《そらまめ》を混ぜて炊いていた。

「ほっこりした蚕豆が、この醬油味の飯と、なんとも合うんだよな」

木暮は目を細めて飯を頰張り、豆腐汁を啜る。

「疲れているせいか、濃い目の味噌汁《みそしる》が躰《からだ》に染み渡っていくようだ。堪《たま》らぬ」

「あら、旦那、お疲れ？」

「うむ。……色々とな。上もうるさくてね」

浮かぬ顔をした木暮を眺め、お市は思い当たった。このところ、江戸では追《お》い剝《は》ぎが悪さを繰り返しているのだが、なかなか捕《つか》まえることが出来ぬようだ。

「旦那もたいへんね。まあ、うちの料理でも食べて、元気出して」

美人と評判のお市に微笑《ほほえ》まれ、木暮は忽《たちま》ち癒《いや》される。

「ありがとよ」

木暮は照れくさそうに、目刺しを齧《かじ》った。

紺《こん》色の縞絣《しまがすり》を粋に着こなしたお市は、三十五歳。料理人だった夫とは七年前に死別して、寡婦《かふ》である。

ふっくらとした丸顔で、目はやや垂れており、色白の餅肌《もちはだ》だ。躰もほどよく豊かで、胸もお尻も優しさが詰まっているように膨《ふく》らんでいる。

大女将《おおおかみ》・女将・女将見習いという〈はないちもんめ〉で、お市は女将の立場であり、実質、店を纏《まと》めていた。

木暮のように、姉御肌《あねごはだ》のお市に甘えたくて〈はないちもんめ〉を訪れる客も多い。

四十二歳の木暮は北町奉行所に出仕しているが、仕事場では上役にがみがみ言われ、役宅に帰ると妻に頭が上がらず、いま一つ冴《さ》えない日々を送っている。その溜まった鬱憤《うっぷん》を、お市たちに癒してもらっているという訳だ。

広い座敷は屏風《びょうぶ》で仕切られているので、のんびりと料理を味わうことが出来るし、夜はお市たちが酌《しゃく》をしてくれることもあった。

昼飯の刻も、お市たちは忙しなく立ち働いている。注文を取り、料理を運び、客の相手をし、勘定《かんじょう》をする。料理は板前の目九蔵《めくぞう》が作っているが、慌《あわ》ただしい時はお市たちも手伝っていた。

「ああ、腹減ったあ！　何か食わせておくんな」

馴染《なじ》みの客である、岡っ引きの二人組が入ってくると、今度は見習いのお花が、注文を取りにいった。お花は十七歳で、お市の娘である。

「何にする？　今日はいつもの奈良茶飯のほか、鯰《なまず》の蒲焼《かばや》きもあるけど」

「鰻《うなぎ》じゃなくて、鯰かい？　まあ、鯰のほうが安いけどな」

「いいじゃねえか。鯰も結構旨《うめ》えんだよな。鰻よりサッパリしてて。よし、そいつをくれ！」

「俺もだ！」

「はい、ありがとうございます。鯰の蒲焼き、二丁ね！」

　お花が威勢の良い声を上げる。お花はお俠《きやん》で、母親のお市とはまた違った魅力がある。江戸っ子らしくやや浅黒い肌で、躰は細っそりとしており、見た目は娘というより、どことなく若衆《わかしゅ》のようだ。そんなお花には、黄蘗《きはだ》色の小紋《こもん》の着物がよく似合っている。

「お前《めえ》さんはいつも元気がいいなあ。きびきび動いて、声もでかくて」

「だって、あたいの取り柄《とりえ》って、丈夫なことだけだもん」

　お花はそう答え、大口を開けて「わはは」と笑う。

「いや、お花。丈夫ってのが一番だぜ！　子供もぽろぽろ産めるしよ」

「いや、こいつは瘦《や》せっぽちだから、ぽろぽろ産むには、もう少し肉つけといたほうがいいと思うがな」

「うるさいね！　そこまで心配してもらわなくても結構だよ！」

お花は下がりたいようだが、岡っ引きたちはお花をからかうのが楽しいのか引き止める。

すると、鯰の蒲焼きを持って、お花の祖母であり、お市の母親であるお紋が現われた。五十四歳で、この店の大女将だ。銀鼠《ぎんねず》色の市松模様《いちまつもよう》の着物を、さりげなく着こなしている。

「へい、お待ちどお」

湯気の立つ丼を覗《のぞ》き込み、岡っ引きたちはごくりと喉を鳴らした。

「ああ、この匂いが堪んねえ！」

「早速いただこうぜ」

二人は丼を摑み、がつがつと食べ始める。

「あんたたち、喉に痞《つか》えないように、ゆっくり食べなよ」

すると岡っ引きの一人が飯を詰め込み過ぎて噎《む》せ、お紋は顔を顰《しか》めた。

「言わんこっちゃない。ほら、お花、水を持ってきてやりな」

「あいよ」

お花はすぐに水を運んできて、岡っ引きに渡す。岡っ引きは慌てて飲み干すと、胸を叩いて、指で涙を拭《ぬぐ》った。

「ありがとよ。いやあ、鯰が旨くてよ、つい搔《か》っ込み過ぎちまった」

「蒲焼きにすると、鯰の生臭さも抑えられて、いいよな。ふっくらしてて、さっぱりしてるが、脂はちゃんと乗っている。でも、諄《くど》くないぶん、俺は鰻より好きかもしれん」

二人の話を聞きながら、お紋は微笑んだ。

「この鯰が美味《おい》しいのは当然だよ。私が仕入れてきたんだからさ」

「へえ、さすが大女将！ 見る目があるわな」

「安く仕入れて、旨いもん食わせて、繁盛《はんじょう》させる。遣り手の大女将のおかげで、この店はいつまでも安泰って訳だ。おい、お花、よかったな」

岡っ引きたちが笑い声を上げる。ほかの客たちの中にも、話を聞きながら、つられて笑う者もいた。お紋は、この界隈《かいわい》では、些《いささ》か知られた名物大女将であるからだ。

すると屛風の陰から、岡っ引きたちに誰かが声を掛けた。

「賑やかじゃねえか。俺も鯰を頼めばよかったな」

岡っ引きたちはびくっとしたように、急に身を正す。

「こ、これは、木暮の旦那。いや、お恥ずかしいところを……」

「そんなに畏《かしこ》まるなよ。おい、まだ残ってんだったら、俺にも一口食わせろ」

「へ、へい。どうぞ」

木暮は丼を取り上げ、鯰の蒲焼きが載った飯を、がぶりと頬張った。ゆっくり嚙み締め、鯰と飯が絡《から》み合う、その柔らかな歯応えと、奥深い味わいに、瞠目《どうもく》する。

「うむ。鯰の蒲焼き、実によい。やはりこの店の料理は、いずれも旨い」

お市がお茶を運んできて、木暮に出した。

「ありがとうございます、旦那。おかげさまで、鯰丼、評判いいのよ」

「どうやって作るんだ。鰻と同様か？　でも、この蒲焼き、頭もついているようだな」

「そうよ。鯰は頭にも身がついているから、捨てずにつけたまま焼くの。皮のぬめりは包丁《ほうちょう》で落とすけれどね。で、背開きにして、鰻と同じく、垂れをつけて弱めの火でじっくり焼くのよ」

「なるほど。鯰は頭も発達してるってことか」

箸《はし》で頭の身をほじくり、それをまた味わう。ほろりとした苦みのある旨みが、木暮の舌を痺《しび》れさせた。岡っ引きの二人も指を咥《くわ》えて、木暮を見ている。

「頭も乙《おつ》ではないか。奈良茶飯とこちら、両方頼めばよかったわい」

「お母さんが鯰を買い過ぎちゃったから、明日の昼餉もたぶん鯰料理よ。だから、また来て」

「ほう、買い過ぎたか。婆さんらしいな」

木暮は思わず苦笑する。

「そうなのよ、旦那。市場で売れ残ってててね、殆《ほとん》どただ同然だったんだから」

お紋が嬉々として言うと、お花が溜息をついた。

「婆ちゃんったら、おかしなこと言い出してさ。『鯰が暴れてるから地震が来る』とかなんとか」

「そうなんだよ！　やけに暴れてるんだ、鯰が。こりゃ、近いうちに来るよ、地震が。それも大きいやつ！」

お紋が声を張り上げたので、店の中が、しんとなる。店中の客の耳に届いたようだった。木暮も一瞬真顔になったが、すぐに取り繕《つくろ》う。

「おいおい、また人騒がせな。そんなことを、滅多矢鱈《めったやたら》言うものではないぞ」

「いや、旦那、ホントに凄く暴れてるんだよ、鯰が！　ありゃ、普通じゃないって。どかんと来るよ、江戸が吹っ飛ぶようなのが！」

お紋の騒ぎように、客たちの顔が青褪《あおざ》めていく。お市が窘《たしな》めた。

「お母さん、いい加減にしなさいよ！　皆さん、ごめんなさい。うちの大女将ったら、思い込みが激しいんですよ。皆さんはそんな世迷言《よまいごと》、信じないでくださいね」

木暮も店を見回し、声を響かせた。

「お市さんの言うとおりだ。鯰を大いに食らって、そんな世迷言も嚙み砕いちまってくれ」

客の間からは笑い声も漏れたが、神妙な顔つきの者も多かった。

木暮は「悪かったな」と丼を岡っ引きに返し、勘定を済ませ、店を出ていった。

「旦那、いつもありがとうございます！」

お市も出てきて、手を振りながら見送る。木暮は振り返って、お市へと笑みを投げると、北町奉行所へ急ぎ足で帰っていった。

だが、お紋が騒いだことは、その場限りでは収まらなかった。

「〈はないちもんめ〉のお紋婆さんが、『鯰が暴れるから、でっかい地震が来る』って言ってたぜ！」

との噂《うわさ》が、瞬《また》く間に町を駆け巡っていったのだ。

「近いうちに地震が来るんですって！」

「それはたいへん！」

噂は北紺屋町を越えて隣町にまで広がり、与力や同心たち、その家族に至るまで、誰もが怯《おび》え始めた。世迷信と思いながらも、やはり恐ろしいのだ。

――いつ来るのだろうか、いつ来るのだろうか――

皆、びくびくと一日を過ごし、気が気ではない。少し何かが揺れただけで、「うわあっ」と叫び声を上げてしまう始末だ。家から飛び出したりする者もいた。

噂は北町奉行所にまで影響を及ぼした。「くだらぬ噂に惑わされぬよう」と苦言を呈《てい》する上役の顔が強張《こわば》っていることを、木暮は見逃さなかった。

しかし、三日経っても四日経っても、地震は起きない。五日が経ち六日が経ち、七日を過ぎると、皆はお紋に対して怒りを露《あら》わにしはじめた。

「〈はないちもんめ〉のあの婆あ、またやりやがった」と。

お紋は時たま、こうした騒ぎを起こすのだ。皆、薄々おかしいと思いつつも引っ掛かってしまうのだが、今回も然《しか》りだったようだ。

昼餉の刻、怒った者たちが〈はないちもんめ〉に押し掛け、ちょっとした騒ぎとなった。

「お紋さんよお、あんたがあまり騒ぐから、気が気じゃなかったんだぜ、この数日！」

「そうよ、私だって、いつ来るかと思って、びくびくしてたんだから。毎日怖くてさあ」

苦情を浴びせられ、お紋は白髪《しらが》交《ま》じりの頭を搔いた。

「すまなかったよ。……だって、鯰が暴れるもんだからさ。鯰のせいなんだよ、何もかも。ほら、こうなったら、元凶の鯰を皆で食っちまおうよ！　安くしとくからさ」

「嫌だね、鯰にはもう関わり合いたくない！」

皆、目を吊り上げ、声を揃《そろ》えた。

二

小雨が降る朝、お花・お市・お紋は連れ立って湯屋へ行った。

湯屋へ朝のうちに行くのは、店が終わるのが遅く、夜に行けないからだ。一風呂浴びてさっぱりして湯屋を出る時、お市たちは、抜けるほど色の白い女に声を掛けられた。

「あら、〈はないちもんめ〉の皆さんじゃない」

「お蘭《らん》さん、ずいぶん早いわね」

「そうなのよ。旦那が泊まりで来てて明け方帰っていったからさ、その匂いを消してさっぱりしようと思って」

お蘭は、ふふふ、と悩ましく笑った。二十八歳の、呉服問屋《ごふくどんや》の大旦那の妾《めかけ》である。深川《ふかがわ》女郎上がりのお蘭は、色白で柳腰、喜多川歌麿《きたがわうたまろ》の絵に描かれたような艶《つや》っぽい女だ。〈はないちもんめ〉の馴染みの客でもあった。

「朝風呂ってのもいいもんだろ、目が覚めてさ。あんたは家帰ったら、また少し寝るんだろうけどね」

いつ見ても艶やかなお蘭に、お紋が少々皮肉っぽく言う。しかしお蘭は少しも悪びれない。

「もちろんよ。昼刻までもう一度寝て、それから、おたくへ食べにいくわ」

「あら、ありがとう。美味しいもの、用意しておくわね」

お市は素直に微笑んだ。母親と祖母の横で、お花は唇を少し尖《とが》らして、お蘭を眺めている。お蘭のことを、よく店に来てくれる大切な客と分かってはいるのだが、その匂うような色香と美貌が、十七歳のお花には疎《うと》ましく思われる時もあった。

お蘭は、お市からお花に目を移し、「そうそう」と切り出した。

「ほら、あの追い剝ぎ。まだ捕まってないでしょ。こんな朝の刻にも出没するそうだから、気をつけてね」

お花は目を瞬《しばた》かせた。

「暮れてきた頃や、夜中だけじゃないんだ」

「そうなのよ。空が白み掛けてきた頃に、遊里帰りの客なんかを狙ったりもするそうよ」

お紋も顔を顰め、訊《たず》ねる。

「やっぱり脚や腕に斬りつけて、動けなくなった隙に、金子《きんす》や物を奪って逃げてくのかい？」

「そうみたいよ。手口は同じで、男も女も関係なく匕首《あいくち》で斬るみたいだから、皆さん気をつけてお帰りになってくださいよ。かくいう私も気をつけないとね」

お蘭は肩を竦《すく》め、「じゃあ」と湯屋の中へと入っていった。

お市たち三人は、「なんだか物騒だねえ」とぶつくさ言いながら、ぬかるんだ道を歩いた。雨はもう上がっていた。

市場へ行って買い出しをして、紫陽花《あじさい》が咲く稲荷《いなり》に寄ってお詣《まい》りをして、戻る。それから朝餉を作って、皆で食べるのだ。

三人は店の二階に住んでおり、板前の目九蔵は通いである。朝餉はいつも、お花が飯を炊き、お市が惣菜《そうざい》をこしらえ、お紋が味噌汁を作る。

今朝の惣菜は、薇《ぜんまい》と油揚げの煮物だった。適度な大きさに切った薇と油揚げを、鰹《かつお》出汁と醬油と味醂《みりん》でささっと煮れば、出来上がりだ。

市場で茗荷《みょうが》が安く手に入ったので、それを味噌汁に使う。

「お母さん、それさ、昼餉で出す漬物にもしない？」

「そうだね。塩と酢《す》で揉《も》んで、寝かせとくか」

お紋は茗荷を細切りにし、酢と塩をよく揉み込んでいく。寝かせればいっそう美味しいが、和《あ》えただけでも美味なので、自分たちの朝餉にもする。

御飯、茗荷の味噌汁、薇と油揚げの煮物、茗荷の酢和え。朝餉を前に、三人は「いただきます」と、手を合わせた。

「うん、美味しい！」

お花もお市もお紋も、話すことを忘れ、暫《しば》し朝餉に夢中になる。

炊き立ての御飯のほくほくとした味わい、味噌汁の爽《さわ》やか且《か》つコクある喉越し、煮物の旨み、酢和えの歯応え。

静かな部屋に、味噌汁を啜る音、茗荷を齧る音が響く。御飯一膳を食べ終え、御櫃《おひつ》からお替わりをよそいながら、お紋がようやく声を出した。

「でもさ、鯰の騒ぎも収まってくれたようで、よかったよ。苦情、落ち着いただろ」

「あら、お母さん。皆から色々言われること、少しは気にしてたの？」

「そりゃ気にはなるさ。鯰、せっかく安く手に入ってたのに、あの騒ぎで皆から『鯰はもう結構！』と、そっぽを向かれちゃったからね。これから暫く鯰料理を看板にしようかって、目九蔵さんとも話してたのにさ」

お紋は二膳目の御飯をぱくぱく頬張りながら、溜息をついた。そんな母親に、お市は苦笑する。

「仕方がないわよ。……ね、ちょっと思ったんだけど、鰻や鯰の代わりに、豆腐を蒲焼きにするってのはどうかしら？」

「豆腐の蒲焼きかい？」

お紋とお花が、思わず顔を見合わせる。お市は頷いた。

「豆腐って厚みもあって、食べ応えあるでしょう？　あれを崩して饂飩粉《うどんこ》と混ぜ合わせて、形作って、それを蒲焼きの味付けで焼くと美味しいと思ったの」

「あたいもそれ乙《おつ》だと思うよ、おっ母さん。目九蔵さんに作ってもらって、出してみようよ」

「そうだねえ。うちは豆腐は安く手に入るもんね。〈塚田屋《つかだや》〉さんのおかげでさ」

お紋が口を挟む。〈はないちもんめ〉は、〈塚田屋〉という店から豆腐を仕入れているのだ。

ぱくぱくと御飯を頬張る祖母を、お花はじろりと睨《にら》んだ。

「何、呑気《のんき》に食ってんだよ。誰のせいで、鯰の料理が出せなくなったと思ってんだ。婆ちゃん、あまり莫迦《ばか》なこと言うなよな。あたいまで皆から色々言われて、恥ずかしいんだ」

「なんだよ。私に文句言うんだったら、鯰に言いな！」

「鯰のせいにするなよ。騒いだのは、婆ちゃんじゃねえか！　孫だからって、あたいまで後ろ指を差されんだかんな」

「何をぶつぶつ言ってんだよ。年寄りはもっと大事にしろってんだ」

「うるせえなあ。年寄りっていう割には、よく食ってんじゃねえかよ！」

「食って悪いかよ！　お花、お前ももっと食いな。細くて黒くて、牛蒡《ごぼう》みたいじゃないか。胸も真っ平で、なんでお前の母さんみたいに大きくならないのかね」

気にしていることを言われ、お花は顔を真《ま》っ赤《か》にして声を荒らげた。

「大きなお世話だよっ！　ふん、母ちゃんは胸に肉がついてるけど、婆ちゃんなんか腹にしか肉がついてないじゃねえか！　ぼてぼて腹のくせによ」

今度はお紋がむっとする。

「こちらこそ大きなお世話だよ。なら腹の肉、あんたの胸に分けてやろうか」

「いらねえよ、そんなもん！　婆あの腹の肉なんて、邪魔なだけだい！」

お紋は孫をしみじみと眺めた。

「……しっかし、あんたって痩せっぽちで、色気もへったくれもあったもんじゃなくて、本当に母さんに似てないよね。貰い子なんじゃないの、もしや？」

「おう、上等じゃねえか！　貰い子で結構だよ、あたいは！　あんたなんかと血が繋《つな》がってないほうが、サッパリするわ！」

お紋はにっこり笑う。

「お生憎《あいにく》様。私とあんたはそっくりだよ。〝おたんこなすび〟のところがさ」

「なにが、なすびだ。沢庵《たくあん》みたいな顔しやがって」

「噛み応えがあるってことかい」

「古漬けさ」

「なんだいっ」

「なんだとっ」

孫と祖母が身を乗り出し、銘々膳《めいめいぜん》がひっくり返りそうになる。

こんな言い合いなどいつものことだが、見兼ねてお市が声を上げた。

「まあまあ、二人とも落ち着きなさいよ！　何やってるの、朝っぱらから。朝餉は、もっと穏《おだ》やかに味わうものでしょ。ね？」

お市を挟んで、お紋とお花は睨み合いつつも、口を閉ざした。

お紋の夫だった多喜三《たきぞう》が病《やまい》で逝《い》ったのは、今から十九年前。お紋が三十五歳、多喜三が三十八歳の時だった。

多喜三は、お紋が奉公していた料理屋の板前で、惚《ほ》れ合って夫婦《めおと》になった。北紺屋町に所帯を持ち、お紋にとって義母であるお花も一緒に暮らし始めた。お紋と多喜三は懸命に働き、念願の店を持ったのが二十五年前だ。お紋が二十九歳の時である。多喜三は三十二歳、義母のお花は五十五歳、娘のお市は十歳になっていた。

多喜三は店の名を、母親・娘・妻の名を繋げ、語呂がいいものをと、〈はないちもんめ〉にした。また、「一匁《いちもんめ》の花のように素朴《そぼく》で飾り気なく、でも、皆を和《なご》ますことが出来る、そんな店にしたい」との思いも籠《こ》めた。

仕事は順調で、皆、仲良く暮らしていた。しかし二年後、お花は病でこの世を去った。その四年後には、多喜三が亡くなった。突然、心ノ臓が激しく痛み始め、呆気《あっけ》ないものだった。

お紋は三十五歳で寡婦《かふ》となった。その時お市は十六歳で、店を手伝っていたが、まだ夫はいなかった。

お市が所帯を持ったのは、一年後の十七歳の時だ。その頃、〈はないちもんめ〉

で板前として働いていた順也《じゆんや》という男と、そのまま一緒に住むようになった。

そしてお市の娘は、「花」と名付けられた。先代のお花は明るく穏やかで、とても良い気性だったので、お紋は義母に敬意を籠めて、孫に同じ名をつけたのだ。

こうして〃はな〃〃いち〃〃もん〃が再び揃った。順也が亡くなった七年前には目九蔵が板前として店に入ったので、図らずもまさに〈はないちもんめ〉と相成《あいな》ったのだ。

お市の夫であった順也は、三十二歳で亡くなった。死因は労咳《ろうがい》であった。その二年前ぐらいから症状が出始め、お市は懸命に世話をしたのだが、困ったことが起きた。労咳に罹《かか》った者が料理屋に居るというので、客足が遠のき始めたのだ。

仕事と看病でお市も疲弊《ひへい》し、家族皆で相談して、順也を小石川養生所《こいしかわようじようしよ》へ入れることにした。

「私が面倒を見たい」とお市は泣いたが、お紋は「店のためだ。分かっておくれ」と譲らなかった。

「あの人と一緒に始めたこの店は、どうしても畳みたくないんだ」と。

家で面倒を見れば、医者に診《み》てもらう代金も薬代《やくだい》も掛かるが、小石川養生所ならば無料だ。お紋は、順也はこのままでは助からないだろうと見ており、心を鬼にして、娘に言ったのだった。

こうして順也は小石川養生所へと入った。店が休みの時はお市は必ず見舞いに行く日々を送っていたが、それから一年後、お市の願いも虚《むな》しく、順也は逝去《せいきょ》した。

お紋もお市も、惚れ合った男と一緒になれたものの、相手を早くに亡くしてしまった。そんな母娘を、「男運が悪いねえ」と憐《あわ》れむ者たちもいる。しかしお紋もお市も、悲しみを乗り越え、多喜三が作った店をけなげに守っているのだ。

誰だって、寂しい時はある。その寂しさを、お紋・お市・お花たちは、時に笑い合い、時に喧嘩《けんか》して、吹き飛ばしているのだ。

朝餉が終われば、店の掃除をする。板前の目九蔵は五つ半（午前九時）頃にやってくるので、それまでに店を整えておく。仕入れ先の手代たちが食材を届けにくるのも、この頃だ。

今朝も豆腐屋〈塚田屋〉の手代である庄太《しょうた》が、一番乗りで元気に現われた。

「おはようっす！　御注文の豆腐を持って参りました。いつもありがとうございます」

「おはよう。庄ちゃん、今朝も元気ねえ」

「いえ、元気ってのが取り柄なもんで」

お市に見つめられ、二十一歳の庄太は照れた。背が少々低くて団子《だんご》っ鼻《ぱな》だが、なかなか愛嬌《あいきよう》のある青年で、「庄ちゃん」と呼ばれてお市たちにも好かれている。特にお紋は、何かにつけ庄太をからかって、楽しんでいた。

「何か一つでも取り柄がありゃ、いいってもんだよ！　まあ、庄ちゃんは、その団子っ鼻も可愛《かわい》いけどね。垂れた目もね」

「まったく、お紋さんには敵《かな》いませんや」

頭を掻く庄太に、お紋はしみじみと言った。

「なんかさあ、あんたの顔を見てると、からかいたくなっちゃうんだよねえ。いかにもお人好《ひとよ》しって顔なんだもん。だめだよ、変な女に引っ掛かったりしたらね」

「変な女って、自分のことだろ。婆ちゃん」

座敷の畳を乾拭《からぶ》きしながら、お花が口を挟む。お紋は振り返って、孫を睨んだ。庄太は苦笑いで、再び頭を掻いた。

「心配してくださるのは有難えですが、俺、女っ気まったくねえんで！　引っ掛かるも何も、ありえませんわ」

「庄ちゃんは、仕事が一番だものね。『庄太は本当に仕事熱心だ』って、〈塚田屋〉の旦那さんも褒めているもの」

「いえ……そんな。照れちまうな」

お市の優しい眼差しに、庄太は頰を微かに染めた。

庄太が仕事に誇りを持ち、真面目《まじめ》に働いているのは、誰もが認めることだ。

「豆腐は真っ白で、みずみずしくて、いいなあ」というのが、庄太の口癖《くちぐせ》でもあった。いずれ、豆腐作りをしたいのだろう。

お紋は庄太の肩をぽんと叩いた。

「店主からも期待されてんだ。あんたも頑張らないとね。うちもさ、新しく〝豆腐の蒲焼き〟って料理を名物にしようと思ってるから、これからもよろしく頼むよ」

「〝豆腐の蒲焼き〟ですか？　それは目新しいっすね」

庄太が目を見開く。

「そうだろ？　鰻よりも安くつくから、豆腐ってホントにありがたいよ。豆腐様々、だ」

「そう言ってもらえると、豆腐屋として、嬉しい限りです」

お紋と庄太は、笑顔で頷き合う。お紋は懐《ふところ》から財布を取り出した。

「ま、そんな訳で、これからもお世話になるよ。で、今日のお代は、豆腐四丁だから……」

「あ、えっと、四百文です」

お紋は顔を上げ、庄太を見つめた。お市も驚き、目を瞬かせる。お花も飛んできて、訊き返した。

「え、四丁で四百文？　って、どういうこと？」

「あ、あの……すみません。お伝えしちゃいませんでしたっけ。うち、値上がりすることになったんです。突然で、本当に、すみません」

庄太はバツが悪そうに、顔を伏せる。お紋が食って掛かった。

「嫌だよ、そういうことは早く言ってくれなくちゃ！」

「すみません。あの……旦那さんが急に決めたことだったんで。本当に、申し訳ねえと思ってます。このとおり、許してください」

「だって、昨日まで豆腐一丁が六十文だったじゃないか。なんで急に四十文も値上げしたんだよ！」

「〈塚田屋〉って、お得意さんが多くなって、天狗《てんぐ》になってんじゃないの？」

「はい……すみません」

お紋とお花に詰め寄られ、庄太は消え入りそうな声で、必死に謝る。お市がとりなした。

「旦那さんが決めたことだものね。庄ちゃんを責めるのはお門違《かどちが》いだわ。二人とも、やめなさい。庄ちゃんが可哀想《かわいそう》よ。……お母さん、ちゃんと四百文払って」

お市に促《うなが》され、お紋は渋々とお代を庄太に渡した。

値上げする前の豆腐一丁・六十文が現代のお金で約千二百円とすると、値上げした豆腐一丁・百文は約二千円ということになる。四丁買って約四千八百円だったものが、約八千円に突然値上げされたのだから、お紋たちの憤《いきどお》りも当然であろう。

庄太は心底申し訳なく思っているようで、何度も頭を下げ、帰っていった。

三人になると、どんよりとした空気が漂った。

「豆腐の蒲焼きなんて、悠長《ゆうちょう》なこと言ってられなくなりそうだ。算盤《そろばん》合わなくなっちまう」

「いくらなんでも豆腐では、蒲焼きといったって、鰻みたいな値段では売れないものね」

「この先、どうなんだろ。冷奴《ひややっこ》や、豆腐の味噌汁まで出せなくなったら、痛いよ」

女三人、溜息をつき、頭を抱える。

「あの〈塚田屋〉の旦那、いったいどうして……。莫迦なことしやがって」

「もしかしたら大豆が値上がりしてるのかしら」

「きっと、どこもたいへんなんだよ」

お紋は腕を組み、嗄《しゃが》れた声を出した。

「仕方ない。〝豆腐の蒲焼き〟よりも、もっと安く仕入れることが出来て、名物になるような料理を考えよう」

「それしかないわね」

お市も頷く。お花も腕を組んだ。

「魚がいいかな。市場で売れ残ったものはただでもらえることもあるし」

「いいとこつくわね。でも……人気のある鰹なんかは高いのよね」

「鯰はそっぽ向かれちまったしねえ」

「婆ちゃんのせいだかんな」

「しつこいよ」

するとと戸が開き、目九蔵が入ってきた。

「おはようございます」

「おはよう、今日もよろしくね」

女三人、声を合わせる。どんな心配事があっても、挨拶《あいさつ》は大きな声で明るく元気よくすることが、〈はないちもんめ〉の決まりなのだ。

目九蔵は丁寧《ていねい》に頭を下げ、着替えなど支度《したく》をするため、板場の隣の二畳部屋に入っていった。歳は六十一で、喜怒哀楽《きどあいらく》をあまり表に出さない、寡黙《かもく》で小柄な老爺《ろうや》だ。それゆえ、お花曰《いわ》く「冷たくて何を考えているか分からない」ようにも見えるが、実に仕事熱心であり、腕も確かで、お市もお紋も目九蔵には一目置いていた。

目九蔵の支度を待つ間、お紋が「ちょっと外を見てくる」と言って、出ていった。戻ってきた目九蔵は、浮かない顔のお市とお花にちらと目をやったが、何も訊ねたりしない。お市は溜息をつき、目九蔵に声を掛けた。

「豆腐、値上げされちゃったのよ。一丁、百文ですって」

「そうでっか」

目九蔵は一旦言葉を切り、苦々しく続けた。

「そないなら、仕入先を代えるのもありでしょうが、〈塚田屋〉の豆腐は確かに旨いですからな。江戸でも屈指《くっし》と思いますわ。ほかの店のものに代えたら、味は落ちるでしょうな」

「そうよね。〈塚田屋〉の豆腐は、美味しくてあの値段だったから、本当にありがたかったのよ。長年の付き合いで、信用してもいたし。……それなのに、何の断わりもなく突然値上げされて、それが七割増しっていうんじゃ、なんだかやり切れなくて」

お花が二人に訊ねた。

「どうする？　ほかの店の豆腐を使う？　それとも、〈塚田屋〉からいつもの半分ほどの量を仕入れて、大切に使う？　もっとも、その量では、豆腐の蒲焼きを看板にするのは無理だろうね」

目九蔵は目を瞬かせた。

「なんですか、その豆腐の蒲焼きってのは？」

「ああ、私が思いついたのよ」

お市が経緯を説明すると、目九蔵は頷きながら聞いていたが、やがて腕を組んで首を傾《かし》げた。

「悪くはないとは思いますが、印象が薄い料理のような気もしますわ」

「それは、あたいも思ってた。こう、がつんとくるのがないんじゃない？　胃《い》ノ腑《ふ》やお腹に。豆腐じゃ、どう頑張ったって、鰻や鯰の蒲焼きには敵いっこないと思うんだよね」

「それもそうね。ということは、蒲焼きにするのなら、やはり魚がいいってことかしら。鰻や鯰の二つに代わることの出来る、安くて美味しい魚って、何かしらね」

三人が腕を組んで考えていると、お紋が「ちょっと、訊いとくれ」と、息を荒らげて戻ってきた。〈塚田屋〉の値上げについて、聞き込みにいっていたという。

お紋が調べてみたところ、〈塚田屋〉が豆腐を値上げしたこと自体は確かだが、七割も吊り上げたのは、どうやら〈はないちもんめ〉だけのようだったのだ。

お紋は水を一息に飲み、口の周りを手で拭きながら、呻《うめ》いた。

「あいつの差し金かもしれないよ、ほら、〈淀処《よどどころ》〉の女狐《めぎつね》・お淀《よど》だよっ！〈塚田屋〉の旦那の奴、お淀の店に通ってるらしいしね」

「お淀か。あの女、阿呆《あほ》なくせに男に媚《こ》び売るのだけは上手《うま》いんだからさ!」

お花は沢庵をぼりぼり齧りながら、続けた。

「あの女、客とそういう関係になって、店を繁盛させてるって話だよね。噂で聞くよ。そんで、懇《ねんご》ろになった客に、新しい客をどんどん連れてきてもらうんだってさ」

「ああ、嫌だ!　お花、もうやめて!　そんな話、聞きたくないわっ」

お市は耳を塞《ふさ》ぐ。

幸町《さいわいちょう》の女狐・お淀は、自分と同じく〝艶っぽい女将〟と評判のお市を目の敵《かたき》にしているようだった。お市もまた、お淀を快《こころよ》く思っていない。正直、嫌っている。さっぱり姉御肌のお市と、ねっとり媚びを売るお淀は、水と油のようなものだ。

お紋はお花から沢庵を奪い取り、少し欠けた前歯で噛みにくそうに齧った。

「『淀殿』なんて言われて調子に乗りやがって、あの女狐が!　豆腐、お淀の店は値上げされなかったらしいよ。《安価、絶佳の冷奴》なんて張り紙がしてあったさ。嗚呼《ああ》、悔《くや》しいねえ!」

「わざとらしく張り紙しやがって。白粉《おしろい》、厚塗りし過ぎなんだよ、あの女」

お花は相当かっかきているようだ。

「ほかのお店でも値上げされた八つ当たりの鉾先《ほこさき》が庄ちゃんに向いてるようで、『今夜ぶん殴ってやる、あの手代』って息巻いている輩もいたよ。私も拳骨《げんこつ》の一発や二発、見舞ってやりたかったけどさ」

お紋は沢庵を嚙み切れずにくちゃくちゃやりながら、溜息をついた。お市もつられて溜息を漏らす。

「まあ、愚痴《ぐち》を言ってても始まらないわ。豆腐の値上げについてはおいといて、ほかに安く仕入れが出来て、こう、がつんと印象が強い料理って、何かないかしら」

目九蔵が眉間《みけん》の皺《しわ》をそっとなぞりながら、切り出した。

「さっきの話の続きですが、女将が言わはったように魚を使ったものがよろしい思います。豆腐の蒲焼きにしたところで高くは売れへんでしょうから、安く手に入る魚を使ったほうが儲《もう》けも出るんちゃいますか？」

「やはり魚がいいわよね。……じゃあ、何にするかって話よ。安くて美味しい魚」

お市は腕を組む。目九蔵は少し考え、答えた。

「……鮪《まぐろ》は如何《いかが》でっしゃろ」

「鮪？」

お紋・お市・お花が意外そうな顔で声を合わせる。お花が唇を尖らせた。

「だって鮪って所詮《しょせん》、猫またぎ、だろ？　鮪の料理を出したところで、皆、ありがたがって食べるかな、そんなもん」

お紋は沢庵をようやく呑み込み、眉《まゆ》を掻いた。

「確かに、鮪って安く手に入るけどね。魚河岸《うおがし》に行って頼めば、ただでもらえることもあるしさ。鯰より脂が乗ってるし、料理の仕方次第では、旨そうなものに化けそうな気もするけどね」

「でも、高くは売れないわよね？」

首を傾げるお市に、目九蔵が答えた。

「丼ものにしたり、量を多くすることで、客に『腹一杯食った』と思わせるんですわ。味と量で、客をとことん満足させるんです。値段は、しっぽく蕎麦《そば》一杯ぐらいと同じでも、量をたっぷりにすれば、客は満足するんちゃうかと」

お紋は手を打った。

「なるほど！　確かに、大の男なら、しっぽく蕎麦一杯ぐらいでは、お腹一杯にはならないよね。目九蔵さんの言うように、安い材料で多く作って、客にお腹一杯食べてもらうってのは、ありかもしれない」

「まあ、豆腐よりは鮪のほうが腹にも溜まるだろうし、量としては満足のいくものが作れるだろうね。でも、味だよね、肝心なのは。目九蔵さん、皆を満足させることの出来る鮪の料理、本当に作れるの？」

お花が顎《あご》をちょいと突き出し、目九蔵に訊ねる。目九蔵は眉間をまた少しなぞり、静かに答えた。

「……必ず作ってみせますさかい、仕入れのほうはよろしくお願いします」

目九蔵は丁寧に一礼すると、板場へと入っていった。仕込みに精を出すためだ。お市も姉《あね》さん被《かぶ》りを直し、「よし！」と気合いを入れた。

「目九蔵さんがやる気なら、大丈夫よ。新しい看板料理を作ってもらいましょう！」

「そうだね。じゃあ、今日は豆腐四丁と、野菜色々と鰯《いわし》なんかで、どうにか乗り切ろう」

お花が立ち上がると、お紋も腰を上げた。

「じゃあ、ちょっくら魚河岸を覗いてくるよ。鮪が少しはあったほうが、目九蔵さんも料理を考えることが出来るだろう。売れ残った安い魚があったら、それも見繕ってくるわ」

「あら、お母さん、ありがと。悪いわねえ、買い物に行かせちゃって」

お市に言われ、お紋は塩《しょ》っぱい顔をする。

「年寄り扱いするんでないよ！　まだまだ足腰は丈夫なんだからね」

「婆ちゃんが弱いのは頭だけだもんね」

お花がにやりとすると、お紋は舌を打った。

「一言余計なんだよ、牛蒡娘」

「ふん、大福婆《だいふくばば》あ」

睨み合う二人を、お市が促した。

「ほら！　お母さん、お買い物お願いします。お花、あんたは目九蔵さんの手伝いでもしなさい！　ぼやぼやしてないで、料理の一つも覚えなさいよ」

「はいはい、分かったよ」

お花は唇を更に尖らせ、板場へと向かう。お紋はぶつぶつと孫に悪態《あくたい》をつきながらも、「じゃあ、ひとっ走り行ってくるね」と、店を出た。

下魚《げざかな》と嫌われていた鮪も、文化《ぶんか》七年（一八一〇）には大漁続きで、河岸も大量に入荷していた。当時、鮪は二十四文（四百八十円）くらいの切り身でも、家族二、三人で食べてなお余るほどの大きさだった。とすれば、三人分二十四文なら、一人分は八文である。

鮪を使った料理を、一人分二十四文で売れば、十六文の利益になる。二十四文といえば、蕎麦のしっぽくと同じ値段なので、高い訳でもない。十六文で売ったとしても、八文の利益になる。

一日少なくとも三十人に食べてもらえば、十六文で売れば二百四十文、二十四文で売れば四百八十文の利益になる。そこからほかの材料や味付け代は引かれるが、それほど掛かる訳ではないから、おおよその見積もりはつく。

「鮪を使ってお腹一杯食べてもらって、しっぽくより少し安い、ってのがいいかもしれないわ。お得な感じがして」

算盤を弾きながら、お市が口添えする。

「それはいいね！　じゃあ二十文にしようよ」

お紋は、魚河岸で売れ残った鮪の大きな切り身を二文で手に入れ、嬉々として帰ってきていた。

「あたいも二十文がいいと思うよ。まあ、後は目九蔵さんがどんな料理をこさえてくれるかだね」

お花は、丹念に壁の乾拭きをしている。《店はいつも清らかにしていること》というのが創業者である多喜三の信条だったので、お花たちもそれは常に守っているのだ。

板場から、醬油と味醂と酒が溶け合った、芳《こう》ばしい匂いが漂ってくる。目九蔵の腕に期待を寄せ、女三人、鼻をひくつかせて笑みを浮かべた。

三

次の日の昼餉刻には、早速、鮪料理を出した。

「なんだ、鮪で二十文も取るのか？」

「そんなこと言わないで食べてみて！　目九蔵さんの自信作なんだから」

お市に微笑まれ、初めは仏頂面《ぶっちょうづら》だった木暮も、「しょうがねえなあ」と鮪料理を注文する。

「はい、お待ちどお」

お紋が運んできたのは、湯気が立つ小鍋だった。中を覗き込み、木暮は「うむ」と唸《うな》った。

「鮪と葱《ねぎ》を煮込んだのか。匂いは、確かに良いな。汁が脂っこそうだが」

「〝ねぎま鍋〟です。私たちも食べてみたけど、美味しいわよ。頰っぺたが落っこちそうだから、ほら、旦那も早く食べてみて」

お紋に急《せ》かされ、木暮は「じゃあ」と箸を持つ。

「しかし、量が多いな。こりゃ食べ応えがありそうだ」

たっぷりの鍋に、御飯と漬物までついている。お市とお紋は微笑み合った。

木暮は鮪を箸で摘《つま》み、頰張った。ゆっくりと嚙み締め、目を見開く。

「これは……なるほど、乙ではないか。脂が抜けて、さっぱりと食べられる。鮪の臭みも消えておる」

鮪が何故《なぜ》下魚と呼ばれ、好かれなかったかというと、脂が多かったからだ。しかし、煮込むことで、その脂が抜ける。木暮は次に葱を頰張り、唸った。

「うむ。鮪の脂が汁に溶け、その旨みが葱に絡んでおる。鮪はさっぱりと、葱はコクがあり、舌が蕩ける」

そして木暮は御飯を搔っ込む。ねぎま鍋と御飯の相性は良いようで、木暮は我を忘れたかのように食べることに没頭する。

「うむ。この汁も実に旨い。脂っこいかと思ったが、出汁と合わさって、飯が進む。この汁だけを飯に掛けてもよいだろう」

木暮はずずっと音を立てて、汁を飲む。そんな木暮を見ながら、お紋はお市の耳元で囁《ささや》いた。

「やったね！　ねぎま鍋、成功しそうだ」

お市も笑顔で大きく頷く。

あちらでは、お花が客と遣り取りしており、「うへえ、鮪かあ」などと嘆《なげ》く客を、「絶対に美味しいんだって！」と言いくるめている。

木暮が大きな声を響かせた。

「いやあ、この〝ねぎま鍋〟、本当に旨い！　鮪の見方が変わるほどだ。飯によく合って、食べ応えがある。食べなきゃ損するぞ」

店が一瞬しんとなり、俺もお花の相手をしていた客が頭を搔いた。

「そんなに旨いなら、俺もそれをもらうよ」

「ありがとうございます！　ねぎま鍋、一丁！」

お花は笑顔で、潑剌《はつらつ》とした声を上げた。

ねぎま鍋を作るには、適当な大きさに切った鮪と葱を、醬油・味醂・酒・出汁で煮込めばよい。出汁は、鰹出汁でも昆布出汁でも、その二つを併せたものでも美味しく仕上がる。

木暮が帰る時、お市は丁寧に頭を下げた。

「旦那、いつもありがとうございます」

藤色の縞の着物を纏ったお市に微笑まれ、木暮は思わずにやける。

「いやあ、思ったことを正直に言ったまでよ。じゃ、また来るぜ」

店を出ようとしたところ、お紋がやってきて、再び余計なことを口にした。

「またのお越しをお待ちしてますよ、日暮《ひぐれ》の旦那」

「日暮じゃなくて、木暮だってんだよ！　ったく、この婆さんは」

ぶつぶつ言う木暮に、お紋は追い打ちを掛ける。

「なんか旦那見てるとさあ、日暮れてるなあ、って思うんだよねえ、いつも。それでつい呼んじまうんだ、日暮の旦那、って」

「日暮れてる……って。大きなお世話だ、婆さん！　じゃあな」

「まいどあり！　仕事しっかりするんだよ！」

お紋の笑顔に見送られ、木暮は去っていく。その後ろ姿には、仄《ほの》かな哀愁《あいしゅう》が漂っていた。

その夜、板元《はんもと》（版元）の大旦那である吉田屋文左衛門《よしだやぶんざえもん》が訪れた。板元とは、書物の製作・卸《おろし》・小売を行なうところだ。文左衛門も木暮と同じく、お市を目当てに通っている〈はないちもんめ〉の常連である。五十七歳だが、まだまだ男として枯れてはおらず、恰幅《かっぷく》も血色も良い。女だけでなく酒をも好むため、店を訪れるのは、昼ではなく夜が多かった。

「吉田屋様、いらっしゃいませ」

お市が酒を運んでくると、文左衛門は相好《そうごう》を崩した。灯りのせいか、夜になるとお市はいっそう艶《なま》めかしく見えるのだ。文左衛門はお市に、連れを紹介した。

「こちらは、期待の絵師の相楽光則《さがらみつのり》さんだ。これからうちで、どんどん仕事をしてもらいたいと思っている」

「まあ、そうなのですか。初めまして、女将の市と申します。よろしくお願いいたします」

お市に丁寧に頭を下げられ、光則は照れくさそうに微笑んだ。

「こちらこそ、よろしくお願いします。いやあ、吉田屋さんがこちらの女将さんのことを『美人で気風《きっぷ》の良い人』と褒めていらっしゃいましたが、本当にそうですね」

「まあ、そんなことを！　吉田屋様、いつもは私のこと、狸《たぬき》みたいなんて仰《おっしゃ》いますのにねえ」

「た、狸だなんて、そ、そんなこと、わしは一言も言っておりませぬぞ！」

慌てる文左衛門を、お市は笑みを浮かべて見つめる。光則も、「こんなに動じている吉田屋さん、初めて見ました」と笑った。

光則は端整な顔立ちで、ほっそりしており、二十七歳という年齢より幾分若く見えた。

お市は二人に酒を注《つ》ぎ、「お食事は？」と訊ねた。

「お任せしますよ。こちらの料理は何でも旨いのでね」

「美味であるということは、吉田屋さんから伺《うかが》っています。お薦《すす》めのものを、お願いします」

「かしこまりました」

お市は一礼し、下がる。その熟《う》れた後ろ姿を、文左衛門は目でそっとなぞっていた。

少し経ってお市が運んできた料理を見て、二人は目を丸くした。

「こ、これは」

「鮪ですか？」

お市は鍋と丼を出し、微笑んだ。

「仰るとおり、〝ねぎま鍋〟と〝鮪丼〟です。〝鮪丼〟は、御飯の上に、鮪の佃煮《つくだに》を振り掛けました。どちらも食べ応えがございますよ。召し上がれ」

文左衛門は溜息をついた。

「鮪とはねえ……。折角《せっかく》、光則さんを連れてきたといいますのに」

しかし光則は、鮪の料理に興味を持ったようだった。

「いえ、私はまったく構いません。実に旨そうではありませんか。匂いも良いし」

光則は、くんくんと鼻を蠢《うごめ》かす。ねぎま鍋から立ち上る匂いが、堪らぬようだ。

「早速いただきます」

光則は箸を持ち、鍋を突《つつ》いた。鮪を頬張り、葱を嚙み締め、汁を飲む。いきなり、光則は声を上げた。

「う、旨い！　この味は、酒にも飯にも合います。鮪に対する偏《かたよ》った見方が一瞬にして吹き飛ぶようだ」

夢中で食べる光則を見て、文左衛門も身を乗り出す。

「そんなに旨いのですか？　では、わしも」

喉を鳴らし、文左衛門もねぎま鍋に箸を伸ばした。

「おお、こっ、これは……うむ、コクがあって……うむ」

文左衛門は、熱い鍋を、はふはふ言いながら食べる。二人とも鍋と酒を交互に味わっては、「旨い」と呟《つぶや》き、忙《せわ》しない。

「鮪のお料理も、なかなかよろしいでしょう？」

お市が訊ねると、光則は大きく頷いた。

「絵もそうですが、料理でも何でも、偏った見方を捨てることから始めなくてはいけませんね。凝《こ》り固まった考えに囚《とら》われていては、新しいものを作ることなど出来ませんから。あまり好まれない鮪だって、料理の仕方次第ではこれほど旨いなんて、良い発見です。私も何にも囚われずに絵を描いていこうと、改めて思いました」

「ありがとうございます。嬉しいです、そう仰ってくださって」

お市が光則に酌をすると、今度は文左衛門がお市に「まあ一杯」と酒を注ぐ。お市は酒をきゅっと飲み干し、「御馳走《ごちそう》さまです」と、嫣然《えんぜん》と笑んだ。

「この丼もいいねえ。鮪の旨みがぎゅっと詰まっているような佃煮で、飯が進んで仕方がない」

「飯に味が染みてて、箸が止まらぬ」

文左衛門は酒を呑みながらも、鮪丼を勢いよく搔っ込む。光則も細い躰で、がんがん食べる。二人とも、気持ちが良いほどの食べっぷりだ。

「両方とも、板前の自信作なんですよ。それほど褒めてくださると、板前も喜びます」

鮪の佃煮は、醬油・味醂・酒を煮立たせ、それに細かく切った鮪・擂《す》り下ろした生姜《しょうが》・山椒《さんしょう》の実を加え、煮汁がなくなるまで煮詰めて作る。それを御飯に乗せれば、鮪丼の出来上がりだ。味は濃いが、それがまた御飯に合う。ねぎま鍋も鮪丼も、酒を使うことで鮪の生臭さが消え、濃厚でありながらも円《まろ》やかな口当たりになる。二人の豪快な食べっぷりが、それを物語っていた。

すべてを平らげると、腹をさすりながら、文左衛門が言った。

「お市さん、酒をもっとお願いします。それで、大女将や娘御も連れていらっしゃい。目九蔵さんもね！　こんなに美味なるものを食べさせてくれた御礼に、皆さんに一杯御馳走させてもらいますよ」

「まあ、ありがとうございます。では、お言葉に甘えて、呼んで参りますね」

お市は笑顔で下がり、皆に声を掛けて、連れてきた。

「あら、旦那、いつもありがとうございます」

「喜んでいただきます！」

お紋もお花も、嬉々として猪口《ちょこ》を差し出す。

「ありがとうございます。恐縮ですわ」

あくまでも腰低く、目九蔵も文左衛門に酒を注いでもらった。

「いやあ、実に旨かったです。こちらこそ礼を言わなければいけません。鮪なんてと初めは思いましたが、なんのなんの、奥深い味わいではありませんか。料理の仕方次第で、これほどまでの味になるとは、目から鱗《うろこ》が落ちる思いでした」

「恐れ多いことでございます」

目九蔵は深々と頭を下げ、酒を一息に呑み干した。文左衛門の言葉に、光則も大きく頷く。

「まったく同感です。この料理は流行《はや》ってほしい、色々な人に食べてほしいと、つくづく思います。きっと鮪に対する見方が変わりますよ」

光則も綺麗《きれい》に平らげていた。

「これらの料理、本当に流行りますかね？　うちの看板にしたいんですけど……無茶でしょうかねえ、やはり」

溜息混じりのお紋に、光則が訊き返した。

「無茶ではないと思いますよ。しかし、何故《なにゆえ》に鮪に目をつけたのでしょう？　斬新ではありますが」

「いえ、初めは豆腐を使って、何か看板になるような料理が出来ないかと、考えていたんです。でも、急に豆腐を値上げされちまいましてね。それで、安く手に入って、お客さんたちを満足させられるようなものはないかって考えていって……」

「鮪に辿《たど》り着いた、と」

「そうなんですよ。豆腐の前は、鯰の料理を考えて、それもなかなか評判が良かったんですが、ある一件で、鯰が嫌われちまってね」

「婆ちゃんが莫迦なこと言って、騒いだからなんですよ。『鯰が暴れるから地震が来る』って。さんざん皆を心配させて、それで何事も起こらなかったから、そっぽ向かれちまったんです、鯰！」

「これ、お前、余計なことを」

お紋がお花の尻を抓《つね》る。お花は「痛てえっ！」と、膨《ふく》れっ面《つら》になった。お市も目尻を吊り上げ、娘を睨む。

「お花！　お客様の前ではもう少し丁寧な言葉を遣いなさいって言ってるでしょう！　気をつけなさい、十七にもなって！」

三人の遣り取りを聞きながら、文左衛門も光則も笑い出してしまった。

「まあまあ、よいではないですか。お花さんも元気が良くて」

「お紋さんも楽しい方ですね。鯰騒ぎを起こすなんて」

お紋は光則に流し目を送った。

「ありがとうございます。なんだか嬉しいわねえ、こんな若い二枚目に『楽しい方』なんて言ってもらえると」

「お世辞《せじ》に決まってるだろ！　あっと……決まってますわ」

お花はまたも憎まれ口だが、お紋は無視した。

「で、まあ、そんな訳で、鯰のことは諦《あきら》めましてね。それに代わるもの……って考えて、やはり魚がよいだろうと、鮪に落ち着いたんですよ」

「なるほど、苦肉の策ですか。でも、鮪でよかったと思いますよ。鯰は何度か食べたことがありますが、こんなコクは出ないような気がします。淡泊《たんぱく》ですものね」

お紋は光則の猪口に酒を注いだ。

「ありがとうございます。目九蔵さんのおかげで美味しいものは出来ましたんで、あとは、皆に嫌われなければいいんですがね」

「この味ならば大丈夫、大丈夫！　あとは評判次第だと思いますよ」

文左衛門は血色の良い顔を、さらに赤らめている。お紋は文左衛門にも酒を注いだ。

「あら、さすがは板元の大旦那様だよ！　仰ることが違うねえ、評判次第、なんて」

「口伝えの効果ってのはありますからねえ、確かに」

文左衛門は酒を啜り、目を細める。光則は腕を組みながら、こんなことを言った。

「引き札（散らし）を作って配ってみるというのは、どうでしょう。手っ取り早く、評判になるように思うのですが」

お市たちは顔を見合わせた。

「引き札ですか！　それは良い考えかもしれないねえ」

お紋が叫ぶと、文左衛門はお市をちらと見た。

「まあ、いいですよ。紙と刷り代ぐらいは、わしが力添えしてもね」

実は文左衛門はお市を妾にしたいと考えており、予《かね》てから「金子の協力は惜《お》しまない」と豪語しているのだ。お市はまったく乗り気ではなく、受け流しているのだが。

「そんな訳には参りませんよ。こちらで用意いたします」

お市が凜《りん》と答えると、光則が口を挟んだ。

「いえ、初めはそんなに大袈裟《おおげさ》なものを作らなくてもいいのではないでしょうか。紙に手書きして、一日三十枚でも四十枚でも配ってみて、様子を見れば。それでお客さんの入りが良くなったら、本格的な引き札を作るようにしてみたら如何でしょう」

「そうだね、そうしよう！　兎《と》に角《かく》さ、物は試しで、やってみようよ、その引き札を配るっての！」

お紋はすっかり乗り気だ。文左衛門が膝を打った。

「よし、じゃあ、紙はわしが力添えすることにしましょう。決まりだ！」

「そんな……申し訳ないです」

お市が躊躇《ためら》うも、お花が口を出した。

「おっ母さん、いいじゃない。吉田屋様がそう仰ってくださるんだから。お言葉に甘えようよ」

「でも……」

「お花の言うとおりだよ。折角のお言葉、断わるほうが失礼ってもんだ」

母と娘に挟まれ、お市は困ったような顔をする。文左衛門は笑った。

「お紋さんの言うとおりだ。お市さん、それ以上拒《こば》むと、わしに失礼ですよ。まあ、紙は任せてください。一日何枚も配るのでしたら、紙代だって莫迦にはなりませんからな。それで効果が現われましたら、刷りのほうもいずれは任せてください」

「いえ、でも……」

文左衛門は光則に目をやり、笑んだ。

「この光則さんは、元々は摺師《すりし》の仕事をなさっていたんです。だから、刷りは是非《ぜひ》、光則さんに助けてもらいましょう。ねえ、光則さん？」

「ええ、お手伝いいたしますよ。吉田屋さんに頼まれれば、断われませんからね」

光則も笑顔で酒を啜った。

浮世絵を完成するには、絵師だけでなく、彫師《ほりし》、摺師が必要で、それぞれの仕事は順に、「下絵を描くこと」「下絵どおりに板木を彫ること」「板木に色をつけて紙に摺ること」である。光則は摺師の仕事をしつつ、絵師を目指していたという。お紋が訊ねた。

「やっぱり摺師より絵師の仕事のほうが、魅力があるんでしょうかね」

「摺師は、色の調《ととの》えなどは楽しいのですが、自分の好きな絵を描ける訳ではありませんからね」

「光則さんは、いい絵を描きますからね。絵師でやっていけますよ。まあ、摺師の経験も、絵を描くうえで非常に役立つと思いますが。確か、彫師もやったことがあるんですよね？」

文左衛門に問われ、光則は答えた。

「はい、彫師の仕事も出来ますよ。すべてやったことは、自分でもよい経験だったと思います。だから、私に任せてくだされば、私一人で絵師・彫師・摺師の仕事をして、引き札も作れてしまうという訳です」

「ははは、さすがは光則さん、話が早い」

文左衛門は光則に酒を注ぐ。だが、お市は躊躇った。

「お話はありがたいですが、本当に申し訳……」

お市をさりげなく押しのけ、お紋が文左衛門に酌をする。

「さすがは大旦那様、光則さん！　頼もしい殿方たちだ。心強いですよ、お願いしますね」

「はいはい、もちろんですとも」

文左衛門は、いい気分で酔っている。光則がお花に目をやった。

「配るのは、お花さんがいいのでは？　元気良く声を掛ければ、受け取ってもらえると思いますよ」

「そうかな？　じゃあ、やってみます」

お花は目をくりくりとさせ、頷く。

「この料理を広めてもらえれば、私も嬉しいですわ」

目九蔵も優しい笑みを浮かべ、ぽつりと言った。

その二日後、文左衛門は紙を持って〈はないちもんめ〉を訪れた。お市が丁寧に礼を言うも、文左衛門は何やら浮かない顔だ。

「どうなさいました？」

お市が訊ねると、文左衛門は眉間に皺を寄せた。

「いや……先日連れてきた、絵師の光則さんがたいへんな目に遭《あ》いましてね」

「あら、どうかなさったんですか？」

「実は、夜道で何者かに襲われ、脚を斬りつけられたんですよ」

「ええっ」

お市は目を見開いた。文左衛門はいっそう苦々しい顔になった。

「物は盗《と》られませんでしたが……ほら、昨今、追い剝ぎが出没するというではないですか。その仕業《しわざ》ではないかと思いましてね。追い剝ぎも匕首で腕や脚を斬るといいますでしょう？　光則さんも匕首で斬られたんですよ。まったく物騒な世です」

「そうだったのですか……傷は深くていらっしゃるんですか？」

「いや、さほどではないでしょう。歩けなくなるなどということは、ないと思います。まあ、しばらくの間は安静にしていなくてはならないでしょうが」

「大事に至らずに、よろしかったです」

「まことに。しかし、腕でなかったのが不幸中の幸いですよ。絵師ゆえにね」

文左衛門は再び大きな溜息をつき、お市に目をやった。

「長雨で冷えるから、燗《かん》をつけてくれますか」

「かしこまりました」

文左衛門を励ますように笑みを掛け、お市は板場へと向かった。

紙を手に入れ、お市たちは、せっせと引き札を作り始めた。

「店が空《す》いていて、雨が上がっている時に、配ってみよう」

文面は簡潔に、『はないちもんめ名物葱鮪鍋鮪丼二十文也』とする。

店が終わった後も、行灯《あんどん》の明かりの下で、三人は作り続けた。

# 第二話　ねぎま鍋の引き札

# 一

皐月《さつき》も近づき、蒸し暑くなってきた。梅雨《つゆ》がくる前に、なるべく多く引き札を配ろうと、お市たちは張り切っている。

昼餉の刻が終わる頃、客が帰ったのを見計らい、お花が「じゃあ、配ってくるね！」と勢いよく飛び出していく。

「いってらっしゃい！」

「頑張ってくるんだよ！　休み刻でも、お客を連れてきていいよ！　食べさせるからね！」

お市とお紋に声を掛けられ、お花は「任せといて！」と、陽気に手を振った。手で着物の裾をちょいと摑み、牛蒡のような脚を覗かせ、駆けていく。

静かになった店の中で、木暮が楊枝《ようじ》を嚙みながら呟いた。

「まったく十七にもなってじゃじゃ馬で、色気も何もあったもんじゃねえな」

木暮は、ねぎま鍋とお市の色香に酔い痴《し》れ、仕事に戻ることが億劫《おっくう》になり、つい居残っているのだ。

「ふふ。あの子はあの子で、色々あるみたいだけれど。まあ、お俠《きゃん》っていうのは本当ね」

皿を片付けながら、お市が含み笑いをする。

「やさぐれてたみたいだもんな、一時《いっとき》。店を手伝うようになって、真面目になったんだろ、あれでも」

「そうね。だいぶしっかりしてきたわ。よく働いてくれるから、感謝してるのよ」

木暮はお市を舐めるように見て、お茶を啜った。

「まあ、お市さんのような人が母親だと、年頃の娘としては複雑なのかもしれねえな。『おっ母さんは婀娜《あだ》っぽいのに、どうしてあたいは若衆のようなのかしら！』ってね」

「婀娜っぽい、なんて言ってくれるのは嬉しいけれど、お生憎様《あいにく》、私は色気で売ってる訳ではございません」

「いやいや、そうは言っても、滲《にじ》み出る色香がのお……」

腰の辺りを触ろうとした木暮の手をすっと除《の》け、お市は軽く睨んだ。

「旦那、そろそろ戻ったほうがいいんじゃありません？　上からも色々言われているんでしょう」

木暮は薄くなってきた己《おのれ》の額《ひたい》を、ぽんと叩いた。お市さんとの逢瀬《おうせ》は、束《つか》の間《ま》の夢ってことか」

「……いたた、現実に引き戻されちまった。お市さんとの逢瀬は、束の間の夢ってことか」

「何仰ってるんですか、妻子持ちのくせに」

「子供は養子だ。俺の子ではない」

「どっちでもいいから、早く下手人《げしゅにん》を捕まえてくださいな。ほら、例の、追い剝ぎ」

追い剝ぎと聞いて、木暮はふと真顔になった。

「そうだよな……なかなか捕まえられねえ。被害に遭ったという届けは、相変わらず舞い込むのによ」

お市は声を潜め、木暮に告げた。

「ねえ、うちに来たことのあるお客さんで、それらしき目に遭った人がいるの。絵師なんだけれど、その話は聞いてない？」

「絵師か？　いや、まだ耳に入ってねえな」

「そう……。夜道で、いきなり襲われて、脚を斬りつけられたんですって。大事には至らなかったけれど、暫《しばら》く安静にしてないといけないみたい。物は盗《と》られなかったんですって。ただ本人は、『持ち合わせが何もないから、私を襲っても無駄ですよ』と、けろりとしていたそうよ」

「なるほど……。で、どの辺りで襲われたんだ？」

「京橋《きょうばし》南の、木挽橋《こびきばし》のたもとですって。絵師の人、その橋の近くの、竹川町《たけかわちょう》の長屋住まいみたいよ」

「そうか。一度、その絵師に、襲われた時の様子を聞いてみるか」

木暮はお市に絵師の名を教えてもらい、「手掛《てが》かり、ありがとよ」と、黒羽織を翻《ひるがえ》して帰っていった。


お花は北紺屋町と金六町《きんろくちょう》の辻の辺りで、引き札を配り始めた。「誰に断わって配ってるんじゃい」と怖い兄さんたちに絡まれぬよう、いざという時のために、引き札を配る許可札も携《たずさ》えている。ちなみにこの許可札は、木暮に作ってもらった。それが入った巾着袋《きんちゃくぶくろ》を首から提げ、お花は大きく息を吸い込み、お腹から声を出した。

「北紺屋町の料理屋〈はないちもんめ〉だよ！　飛び切り美味しい鮪の料理を始

めました！『鮪なんて』と嫌がらず、物は試しで召しあがってみてください！　癖になる味わい、頬っぺた落ちそう、病みつきになること間違いなし！　さあさあ、〈はないちもんめ〉の、ねぎま鍋に鮪丼だあ！」

若い娘の威勢の良い声に、通行人たちは驚いて立ち止まる。目が合い、お花はにっこり微笑む。すると、道行く人たちは思わず手を伸ばしてしまう。お花はすかさず引き札を渡す。

「よろしくお願いします！」

「あ、はい」

引き札が、ほかの人の手に渡る。女三人で、夜っぴいて作った引き札だ。お花は嬉しくて、ますます笑みをこぼす。

目新しかったのだろうか、人が群がってきた。引き札は次々なくなっていく。

「へえ、鮪？　ホントに旨いのお？」

「本当ですって、お兄さん！　ちょっと寄ってってくださいよお。昼も夜も、やってますんで」

「ふうん。……今日は用があるから無理だけど、別の日に必ず行くよ」

お花を眺め回してにやける無粋《ぶすい》な男もいるが、そんなことで怯《ひる》んでいたら女が廃《すた》ると、お花は一歩も引かない。

「はい、お待ちしております！」

どんな者にも笑顔で返し、頭を下げる。

口が悪くてお俠なお花だが、〈はないちもんめ〉を盛り上げたいと思う気持ちは、母や祖母と同じなのだ。お花は生まれた時から、あの店を、店に集《つど》う人々を、見て育ってきたのだから。

「俺にもくれ」

「私にも頂戴《ちょうだい》」

道行く人たちに引き札を摑み取られ、五十枚はあっという間になくなってしまった。

――こんなに早く配り終わっちまうなんて。まだ半刻（一時間）も経っていないよね――

冷やかしでもらっていった者も多いだろうが、それでもお披露目《ひろめ》することは出来ただろう。

――どうしよう。戻ろうか。でも、店はまだ休み刻だし、帰るのももったいない気がする。引き札はなくても、声だけ出して、鮪料理を広めようか――

お花がそんなことを案じていると、目の前に、白い腕がぬっと伸びた。手には引き札を摑んでいる。

「はい。あっちに落ちてたわよ。もらうだけもらって、捨てちゃったのかしらね」

聞き覚えのある甘ったるい声に、お花が顔を上げる。

その声の主は、思ったとおり、幸町の女狐・お淀であった。

お淀は雪の如《ごと》く色白で、華奢《きゃしゃ》で、悔しいことに美人ではあるが、いかんせん料理屋の女将には似つかわしくないほどに厚化粧で、襟《えり》も大きく抜いている。三十半《なか》ばにして、鮮やかな桃色の小紋を纏っているというのも、いただけない。

――いつ見ても、嫌らしい女だ――

心の中で舌打ちしつつ、お花はお淀から引き札を奪い取った。

「今日は風があるから、袂《たもと》に仕舞《しま》った筈《はず》が、飛ばされちゃったんでしょうよ」

お淀は腕を組み、お花の顔を覗き込んだ。

「あら、膨れちゃって。可愛いわね、お紋ちゃん」

お花はお淀をきっと睨んだ。

「お紋は婆ちゃんの名だよ！　あたいは、花だ」

「あ、そうよね。お鼻がちょっと上向きの、お花ちゃんよね」

くすくす笑うお淀に摑み掛かりたい気持ちを抑え、お花は返した。

「まあ、さすがお淀さん。いつも淀んでいらっしゃいますねえ、目も心も！　ふん、呑み過ぎなんじゃないのぉ？」

二人の眼差《まなざ》しがぶつかり合う。お淀が唇を震わせた。

「こんな引き札を配るようになるなんて、〈はないちもんめ〉も堕《お》ちたものね。なに、お客様、入ってないの？　二十五年もお店やってきたのに？」

「うるさいよ、あんたが陰で邪魔したりするからだろ」

「あら、聞き捨てならないわね。私が何を邪魔したっていうのよ」

「自分の胸に聞いてみな、色呆《いろぼ》け婆あ！」

「なによっ、山猿《やまざる》が！」

摑み合いそうになるが、通行人たちがにやにやしながら自分たちを見ていることに、二人ともはたと気づく。お淀は、「覚えてなさい！」と捨て台詞《ぜりふ》を吐いて、去っていった。

その後ろ姿に思いきりあかんべえをし、お花は「塩でも撒《ま》きたい気分だわ」と、地団太《じだんだ》を踏んだ。

──ケチもついたし、もう帰ろう──

お花は溜息をつき、店に戻った。

お淀には嫌な思いをさせられたが、引き札の効果は絶大で、鮪料理を食べに〈はないちもんめ〉を訪れる人が現われた。配ったその夜には、引き札を持って訪れた客が、八人もいたのだ。こうなると、苦も楽になってくる。

「お花、でかしたねえ！」

「五十枚配って八人来てくれれば、御《おん》の字よ。いやあ、いい娘を持ったわ」

お紋とお市に褒められ、お花は照れくさそうに相好を崩した。

「まだまだ、だね。五十枚配ったら、半分は来てもらわないと！　よし、明日も頑張るよ」

「頼もしいわあ」

お市に肩を抱かれ、お花は少し複雑な気分になる。母親から漂う百合《ゆり》のような甘い香りが、快くも、どこか疎《うと》ましくあるからだ。

お花は立つ場所を毎日少しずつ変えながら、引き札配りに励んだ。梅雨の合間の日差しを浴びて、浅葱《あさぎ》色の小紋を纏ったお花は、野草のように生き生きとしてている。手元の引き札は、今日もどんどんなくなった。
「よろしくお願いします！」
蒸し暑くなってくる頃、大声で店の喧伝をすると、額に汗が薄っすら滲む。風
があるのでまだよいが、砂埃《すなぼこり》が舞って、顔や髪が汚れそうだった。
――今日も順調、後、一枚だ――
大きく息をつき、受け取ってもらえそうな人を物色する。急いでいる人、俯《うつむ》い
て歩いている人、あからさまに興味がなさそうな人などには、差し出しても効果
がないことを、この数日でお花は知り得ていた。
――誰にしようかな――
ちょうど人通りが途絶《とだ》えた頃だった。お花がきょろきょろしていると、男児が
目に入った。少し離れたところで、指を咥《くわ》え、物欲しげな目で、お花のほうを見
ている。ぐすぐすと泣いているようだ。
――二、三日前にもいた子だ――
その男児に、お花は見覚えがあった。その時もやはりこちらをじっと見ていた
ので、「よろしくね」と引き札を渡したのだが、さっと受け取ると、逃げるよう

に駆けていってしまったのだ。

——どうして泣いているんだろう——

男児は継ぎ接ぎだらけの襤褸《つはぼろ》を纏っており、躰も貧弱で、暮らしが苦しいということは見て取れる。お花は男児に近寄り、引き札の最後の一枚を渡して、微笑んだ。

「こないだも受け取ってくれたよね。ありがと」

男児はお花を見上げ、潤《うる》んだ目で洟《はな》を啜る。

——なんだか、捨てられた子犬みたいだね——

お花は男児が放っておけず、訊ねた。

「どうして泣いてるのさ」

男児はお花と引き札を交互に眺め、いっそう涙をこぼす。お花は腕を組み、大きく息をついた。

「あんた、お腹空いてるんじゃないの?」

男児はつぶらな瞳でお花をじっと見て、「うえうえ」と、声を上げて泣き始めた。

「やっぱりそうなんだね」

お花は男児の頭を、そっと撫《な》でた。男児はこくりと頷き、また声を上げて泣く。

「仕方ない、ついといで」

お花は男児の肩を軽く叩き、歩き出した。男児は泣きながらもついてくる。途中、引き札で洟《はな》をかまれ、お花は少しむっとした。

男児を連れて〈はないちもんめ〉に戻ると、お市もお紋も驚いたような顔をした。男児は躊躇《ためら》っているようだったが、お花に「ほら、上がりな」と背を押され、座敷に腰を下ろした。

「あんた、顔、汚れてるね」

お紋が手拭いを持ってくる。お花は男児にお茶を出し、お市とお紋に声を潜めて話した。

「あの子、お腹が空いて、道端で泣いてたんだ。ねぎま鍋、お腹一杯食べさせてあげてよ。お代は、あたいの給金から引いてくれて構わないよ。あたいが勝手に連れてきたんだから」

お市は娘に笑みを掛けた。

「なるほど、そういうことね。お代は、いいわよ。お花は、この頃お客さん沢山《たくさん》連れてきてくれるから」

「そうそう。あの子一人分の飯代なんて、あんたの活躍でチャラだよ」

お花は、母親と祖母に、笑みを返した。

「ありがと。いいところもあるんだよね、困ったおっ母さんと婆ちゃんだけどさ」

「また、そんな憎まれ口を！」

お紋に拳固《げんこ》を喰らい、お花は「痛てっ」と顔を顰める。

「まあまあ。兎に角、あの子にはお腹一杯食べさせてあげましょう。目九蔵さんに伝えてくるわね」

お市は笑顔で、板場へと行った。

料理を待っている間、お花たちは男児に名前や歳を訊ねてみた。男児は「大《だい》吾《ご》」という名で、九つだという。もっと幼く見えるのは、やはり滋養《じよう》が足りていないからだろう。

「どこに住んでるんだい？」

お紋が訊ねると、大吾は「亀島町《かめしまちょう》」と答えた。ならば、此処《ここ》とそれほど離れていない。

目九蔵が〝ねぎま鍋〟を持ってきた。湯気の立つそれを見て、大吾は「うわあ」と声を上げ、唾《つば》を呑み込んだ。

「蒟蒻《こんにゃく》も入れといてやったさかい、食べな」

ぽつりと告げ、目九蔵は下がった。鍋も御飯も、たっぷりある。大吾は嬉々として、食べ始めた。

「うわ、旨い！」

鮪と葱を同時に頬張り、大吾は満面に笑みを浮かべる。その笑顔を見て、お花たちは安心した。

「やっぱり笑ってるほうが可愛いねえ」

お紋も目を細める。大吾は「こんなに旨いもの初めて」と、夢中で食べる。がっつき過ぎて噎せると、お紋が背をさすった。

「ゆっくり食べな。そんなにお腹空いてたのかい？」

「なんだか二、三日は食べてなかったみたいだね」

お花が言うと、大吾は今度は悲し気な顔で頷いた。

「おいらのうち、貧しいから。お父っつぁんは灰買《はいが》いなんだけど、躰壊しちまって、前ほど働けなくなっちまったし。家族も多いし」

寺子屋には行かせてもらっているが、ここ数日、一日の食べ物はおむすび二つだけだったという。

「それじゃあ、育ち盛りには酷《こく》だねえ」

お紋が溜息をつくと、お市もお花も頷いた。

「辛かったわねえ。いいわよ、御飯お代わりしても」

お市が手を差し伸べると、大吾は「すみません」と椀《わん》を渡した。お市は、今度は白米ではなく、奈良茶飯を持ってきた。青菜が混ざった芳ばしい御飯に、大吾は大喜びだ。奈良茶飯は、お粥のように柔らかく調理してある。数日の間殆《ほとん》ど食べていなかった九つの子の躰を慮《おもんぱか》り、お市が目九蔵にそう作らせた。お腹一杯食べさせてあげたいものの、急に詰め込むのもよくないと思ったからだ。

「凄い！　いただきます！」

早速、食らいつく。

「うん、とっても旨い！」

笑顔で感嘆《かんたん》の声を上げる大吾を、お市たちも微笑ましく見守る。大吾は奈良茶飯を味わいながら、語った。

「お姉ちゃんにもらった引き札を婆ちゃんに見せたら、『この店の料理は美味しいよ』って言ってたけど、本当だ」

お市たちは顔を見合わせた。

「大吾ちゃんのお婆さん、うちに食べにきたことがあるのかしら」

「うん。ここのお婆さんのことを知ってるって、言ってた。小さい頃、よく遊んだって」

お紋は目を瞬かせ、素っ頓狂《すっとんきょう》な声を出した。

「あんたの家って、亀島町って言ってたよね。もしや、コウちゃんのお孫さんかい？」

「うん、お婆ちゃんはコウっていうんだ」

「やっぱり！……そう言われてみれば似てるよ、おでこが広いところとか、犬みたいな目とか。いやあ、コウちゃんか、懐かしいねえ。息災なんだね、よかった」

大吾を見つめ、お紋はしみじみ言う。しかし大吾は、ふと食べる手を止め、俯いた。

「ううん……あまり元気じゃない」

「え？」

「婆ちゃんも、よく寝込むし。友達もいなくて寂しそうだ。爺ちゃんは死んじゃったし」

一同しんみりとする。お紋は少し洟を啜った。

「そうなのかい……久しぶりにコウちゃんに会って、励ましてあげたいね」

「コウさんって前は時々、旦那さんと一緒に、ここに食べにきてくれてたわよね。そのうち来なくなって……。十年ぐらい経つかしら」

お市が言うと、お紋が頷いた。

「そうだね。それぐらいだ。コウちゃんのこと、気になってはいたんだけれど、こちらも店が忙しいからさ。なかなか出向くことが出来なかったのさね」

「婆ちゃん、コウさんとは幼馴染みなの？」

「そうさ。コウちゃんも私も生まれは長崎町《ながさきちょう》でね。手習い所も一緒で、よくおはじきや蹴鞠《けまり》して遊んだもんだよ。その後、コウちゃんは嫁入りして亀島町へ引っ越して、私も旦那と所帯持ってここで店を始めたんだ」

「ふうん、なるほどね。じゃあ、あたいが大吾を連れてきたのも何かの縁だろうから、婆ちゃん、大吾と一緒にコウさんに会いにいってくれば？」

「ああ、それはいいわね。お母さん、そうしなさいよ。幼馴染みの顔を久しぶりに見たら、コウさんも元気が出るかもしれないわ」

「ええ、そうかい？」

「絶対そうよ！　夕餉の刻までまだあるから、行ってらっしゃいよ」

「夕餉の支度は、おっ母さんと目九蔵さんとあたいでやっておくからさ。婆ちゃんは、コウさん喜ばせてあげなよ」

娘と孫に背中を押され、お紋は「悪いねえ」と白髪交じりの頭を掻く。

「じゃあ、ちょっと顔を見てくるよ。大吾ちゃん、案内しておくれ」

「合点《がってん》だ！」

お腹が膨れたからだろう、大吾はすっかり元気になり、大きな声を出した。

二

お紋は大吾に連れられ、コウに会いにいった。北紺屋町を出て、橋を渡り、河岸通りを少し行けば、亀島町だ。河岸通りの三つ目の角を左に曲がり、ぺんぺん草が生い茂っている小径《こみち》を通り抜けると、コウたちが住む長屋があった。お世辞にも綺麗とは言えず、うらぶれており、どぶのような生臭い臭いが漂っている。

「ここだよ」と、大吾は一番奥の家を指した。お紋は、腰高障子の破れた穴から、そっと中を覗き込む。部屋の隅でコウが床に伏せているのが見えた。

――髪の毛、真っ白だ――

髪の色の変化が、歳月を物語っていた。

「ただいま！」

大吾は腰高障子を勢いよく開け、お紋の手を取り、中へと引っ張った。

「婆ちゃんの仲良しを連れてきたよ」

コウはゆるゆると身を起こし、目を凝らした。九尺二間《くしゃくにけん》の小さな部屋には、コウのほか、赤子を抱いた大吾の母親と弟と妹が居た。赤子の泣き声が喧《かまびす》しい。

お紋と目が合い、コウは「あっ」と小さな叫びを上げた。

「お、お紋さんじゃないの！」

お紋はコウに笑みを掛け、土間から部屋に上がった。

「お邪魔しますよ。私のこと覚えていてくれたんだね、嬉しいよ。……あ、こちら、皆さんでどうぞ」

お紋は大吾の母親であり、コウの義娘であるお節《せつ》に、手土産《てみやげ》を渡した。ここへ来る途中、菓子屋で買った煎餅《せんべい》だ。お節は受け取り、頭を深く下げた。

「ありがとうございます。子供たち、喜びます」

大吾の弟と妹たちは、早速煎餅に飛びつき、袋を開けてばりばりと齧った。

「醬油が芳ばしくて、旨い！」

「あたいはザラメが好き！　甘辛いのが、いいの」

子供たちの笑顔が、お紋を和ませる。確かに裕福とは言えぬようだが、皆で仲良く暮らしていることは窺《うかが》えた。

お紋がコウの傍《そば》に座ると、お節が「どうぞ」とお茶を出してくれた。お紋は「いただきます」とそれを啜り、息をつく。コウはそっと目を伏せ、弱々しい声を出した。

「来てくれて嬉しいよ。……でも、もっと元気な姿を見せたかったたね」

「久方ぶりだもの、仕方がないさ。私だって年取っちまったよ」

お紋も苦い笑みを浮かべる。

「そんなことないさ。お紋さんはたいして変わってないよ。やっぱり、毎日お店に出てるのがいいのかもしれないね。張り合いがあって」

「まあ、お客を相手にしてるからね。コウさんは、床に伏せってることが多いのかい？　どこか悪いのかい？」

コウは首を振った。

「特にどこが悪いってのは、ないんだけどね。躰が怠《だる》くて、寝てることが多くなっちまって」

お紋はコウを見つめた。大吾を初めて見た時と同じような印象を受ける。顔色が悪く、痩せ細っている。やはり滋養が足りていないようだ。

「それなら、気持ち次第で、また元気になるよ！……よかったらさ、これ持ってきたから、上がんなよ。力つけてほしいからさ」

お紋は風呂敷を開き、竹皮で包んだおむすびを取り出す。コウは目を瞬かせた。

「あら、美味しそう！　おたくの御飯は、ふっくらと、硬過ぎず、柔らか過ぎず、ちょうどいい塩梅《あんばい》なんだよねえ」

唾を呑み込んだコウに、お紋はおむすびを握らせた。

「さ、上がんなよ。今いる板前の、自信作だよ」

「うん、〈はないちもんめ〉の御飯、とっても旨かったよ！　婆ちゃんの言うとおりだった。食べてごらんよ」

大吾もつぶらな瞳をぱちぱちさせ、相槌《あいづち》を打つ。弟と妹も煎餅を齧りながら、羨《うらや》ましそうな目で見ていた。

「そうかい……。では、ありがたくいただくよ」

コウはおむすびを一口食べ、満足げな笑みを、顔中に浮かべた。その顔を見たお紋は——こうして見ると、娘の時の面影《おもかげ》が残っている——と思った。

「ああ、美味しいねえ。米粒一つ一つが立っていて、嚙み締めるごとに、口の中に幸せが広がるよ」

お紋は二口、三口と食べ、「おや？」と、おむすびをじっと眺めた。

「これは……何の魚だい？　コクがあって、いい味だねえ。鰹ではないし……」

「鮪だよ。鮪の佃煮を中に入れたのさ」

「へえ、鮪！　鮪ってこんなに美味しいのかい？　なんだか初めての味わいだ。さっぱりしているようで、まったりしていて、どんどん食べたくなるよ。山椒《さんしょう》の実が、また利いてるねえ」

コウは夢中で、鮪おむすびを頰張る。あっという間に一つ食べ終え、嫁に出してもらったお茶を啜った。

「私たちが娘だった頃は、鮪なんて誰も食べなかったけれど、世の中、少しずつ変わってきてるんだね」

しみじみ言うコウの頬は、血が巡り始めたように、仄《ほの》かに赤らんでいる。

「鮪は安く手に入って、料理の仕方では美味しく化けるからね。この頃じゃ、うちの看板になってるよ」

「そのようね。大吾が持ち帰ってきた引き札にも書いてあったものね、ねぎま鍋を始めたのだとか。流行ってるんだねえ」

「おかげさまでね。皆、美味しければいいんだよ」

お紋とコウは顔を見合わせ、笑った。コウの目には精気が宿り始めている。

コウはおむすびを、また一つ頬張った。奈良茶飯に鮪の佃煮を混ぜ合わせて、握ったものだ。

「堪らないねえ。茶飯にもまた、よく合うよ。癖になっちまいそうだ」

コウはほくほく笑顔で、ぺろりと平らげる。大吾の弟と妹が恨《うら》めしそうな目で見ているのに気づき、お紋は声を掛けた。

「あんたたちには、また今度持ってきてあげるから、今日は煎餅で我慢しとくれ」

「ホントに持ってきてくれるかい？」

「ああ、約束するよ」

「あたいも鮪が食べたい」

妹は泣きそうな顔をしている。コウは苦笑いしつつ、残り一つを、孫たちに差し出した。

「私はもう充分だから、お前たちでお分け」

「やったあ！」

「婆ちゃん、ありがと」

大吾の弟と妹がコウに駆け寄り、おむすびを摑み取る。お節が申し訳なさそうに、煎餅をコウに渡した。

「ごめんなさい、お義母《かあ》さん。これは、お義母さんが召し上がってください」

「気にしないで。あの子たちもお腹空いてるんだよ。私は二つで、本当にもう充分だ」

コウは嫁に優しく笑んだ。お節も白い顔をしており、お紋は心配だった。

「あんたもちゃんと食べたほうがいいよ。お乳の出が悪くなるからさ」

「そうだよ。煎餅はお前がお食べ」

コウは包みをお節に押し返す。お節は「ありがとうございます」と、煎餅を子供たちと分け合い始めた。

コウは、嫁と孫たちを眺めつつ、再びお茶を啜った。

「お紋さんのおかげで、美味しいものが食べられたよ。大吾にも食べさせてくれたようだし、本当にありがとうね」

湯吞みを置き、コウは深々と頭を下げる。お紋は「よしとくれよ！」と、手を振った。

「コウさんたちが少しでも元気になってくれれば、嬉しいからさ、私も。幼馴染みのよしみだよ」

「心強いねえ。……お紋さんみたいな、人気料理屋の大女将が、幼馴染みだなんて。羨ましいよ、順調みたいだし」

コウは、お紋が纏った鼠色の市松模様の着物を、さりげなく眺める。お紋は頭《かぶり》を振った。

「とんでもないよ。豆腐だって、急に値上げされちまってね。それで苦肉の策で考え出したのが、鮪の料理だったって訳だよ」

「なんで急に値上げされたのかい？」

「まあ、はっきりしたことは分からないけどね、裏で糸を引いているのは、どうやら〝女狐〟のようなんだ。その女狐、うちの店を目の敵にしてってね」

お紋が声を潜めるも、コウは身を乗り出した。

「女狐かい！　どこにでも居るよね、そういう女って！」

「まことにねえ。……そういや、居たよね。私たちの周りにも」

婆二人、顔を見合わせ、頷き合う。

「お吟《ぎん》の奴だろ！　あれは女狐なんて可愛いもんじゃないね、妖怪だ！」

「ホント、まさに妖怪だよ！　底意地悪くてね」

お紋は顔を酷《ひど》く顰めた。お吟も、お紋やコウと同い歳で、幼少の頃からの知り合いだった。

「そうそう、あいつさ、子供の頃から、饅頭《まんじゆう》だって、飴《あめ》だって、煎餅だって、いつだって独り占めして、分けてくれたためしがなかったもんね！」

「食い意地が張ってんだよねえ、呆れるほどに」

「吝嗇《けち》な割には、人の持ち物に目敏《めざと》くてね」

「そうそう。ちょっと可愛い簪《かんざし》とか櫛《くし》とかつけてると、妬《ねた》ましそうに、じーっと見るんだよね。何も言わず、じーっとね」

「あの目つき、気味悪かったよねえ。『自分のものは自分のもの、他人のものも自分のもの』って、目つきで語っているようでさ」

「頭にきたのがさ、『匂い袋がなくなった』って大騒ぎして、私たちが疑われたんだよね！『盗んだんじゃないの？』って」

「あった、あった、そういうこと！　そしたらさ、自分で仕舞ったのを忘れていただけだったんだよね」

「そうそう！『なくなった』って騒ぐ割に、あいつから匂うんだよね。くんくん鼻をひくつかせてみたら！」

「白粉臭いのよ、子供なのにさ！　そしたら、いつもは袂に仕舞ってあったのに、その時は帯に挟んでいたんだよね。それを自分で忘れてたの！」

「帯に挟んでいたってのも、袂に入れてたら厠《かわや》で落としそうになったからって言うじゃない！　怒ったよね、私たち、疑われてさ！」

「ああ、怒ったさ！　でも、あいつに文句言ったら、『誰だって間違いはあるでしょ！』って、顔を真っ赤にして、逆にこっちに怒ってきてさ」

「人の間違いは責め立てるのに、自分の非は決して認めないんだよね、あの妖怪！」

「まさに化け猫だわ！」

「騒ぎ起こしても、絶対に謝らなくてね！」

唾を飛ばしてお吟の話に興じる二人を、お節や大吾たちは煎餅を齧りつつ呆然《ぼうぜん》と眺めている。

噂のお吟、実はお紋の宿敵でもある。

お紋とお吟は、お紋の旦那であった多喜三を巡って、娘時代に大喧嘩をしたことがあるのだ。

多喜三はお紋を好いていたのだが、多喜三に横恋慕《よこれんぼ》したお吟が一方的にお紋を目の敵にして、様々な嫌がらせを企《くわだ》てたのだ。しかし、それにもめげず、お紋は多喜三といい仲になった。

多喜三は腕の良い板前で、町の皆が集まる料理屋で働いていた。女房と死別していた多喜三はどことなく翳《かげ》りのある二枚目で、女からも人気があった。お紋はその料理屋で一緒に働いており、顔は些《いささ》かおかちめんこだが、気立てが良くて働き者なので、多喜三にいつしか見初《みそ》められていた。

多喜三に振られた腹いせに、お吟はお紋を待ち伏せし、暴れた。

「なんで私じゃなくて、あんたみたいな不細工《ぶさいく》を！　きーっ」

お吟は叫びながら、伸びた爪でお紋の顔を引っ掻き、傷を負わせた。まさに化け猫の所業である。そのこともあって、お紋はお吟が未だに腹立たしいのだ。

顔を傷つけられたお紋だったが、お吟を「振られて気の毒な女」と憐み、騒ぎ立てることはしなかった。なのにお吟は、よほど頭にきたのか、お紋の悪口をあちこちで吹聴《ふいちょう》して廻《まわ》ったのだ。

「多喜三さんを騙《だま》した」だの、「悪い女だ」だの、「あんな顔して男たらしだ」などと。

お紋は腸《はらわた》が煮えくり返るようであったが、若かったゆえか、そのような恋敵の嫌がらせも、好いた男との仲をいっそう燃え上がらせる要因となった。

荒波を乗り越え、お紋が多喜三と夫婦になると、お吟もさすがに諦めたようで、嫌がらせは収まった。そして、それから間もなく、お吟も嫁《とつ》いだ。それが達《たつ》蔵《ぞう》という差配《さはい》の男で、お吟は長屋の大家の妻の座に、強《した》かに納まってしまったのだ。

達蔵が管理する長屋は自身が所有するものゆえ、店子《たなこ》からの賃料で暮らしていける。あくせく働かなくてもよい。多喜三と〈はないちもんめ〉を始めて、お紋が汗水垂らして働いていた時に、お吟は左団扇《ひだりうちわ》だったという訳だ。

かつては、お紋にあれほど嫌がらせをして大騒ぎをしたのに、である。そして、その左団扇の暮らしは、未だに続いている。化け猫お吟がそのような暮らしをしていることが、お紋には許せない。お吟に対する不快さは、そうしてますます募《つの》っていき、一時はお吟という名を聞くだけで、気分が悪くなったほどだった。

一方、お吟はお吟で、お紋のことはまだ根に持っているらしく、

「多喜三さん、あんな女と一緒になったので、早死にしたのよ。お紋ってのは、男を食い殺す女だよ！　丙午《ひのえうま》かい？　歳誤魔化《ごまか》してんだよ、あの疫病神《やくびょうがみ》！」

などと言い触らしているという。

多喜三を巡ってお紋に負けたことが、よほどお吟の矜持《きょうじ》を傷つけたようだ。

だが亭主の達蔵は、どうしてか〈はないちもんめ〉の客でもある。お吟は絶対に寄りつかないが、達蔵は女房の目を盗むように、時折〈はないちもんめ〉を訪れるのだ。

普段お吟に首根っこを押さえつけられている達蔵も、たまには息抜きしたいのだろう。

昔話、というよりはお吟の悪口話に花を咲かせ、婆二人、盛り上がる。涙を流

して笑ううち、コウはすっかり顔色が良くなっていた。

「お吟の奴、いつかぎゃふんと言わせてやる」

奮《ふる》い立つコウに、「その意気だ」と、お紋も笑顔で返した。


その日の夜、木暮が呑みにきて、お紋は久しぶりに幼馴染みのコウに会ったことを話した。

「……って訳で、お吟の悪口で盛り上がっちまったよ！」

豪快に笑うお紋に、お市は「しっ」と眉を顰めた。

「達蔵さんが来たらどうするのよ。壁に耳あり、でしょ」

「ああ、平気、平気！　達蔵さんも分かりきったことだからさ。私とお吟が犬猿《けんえん》の仲ってことは！　私が女房の悪口言うの聞いて、笑ってるぐらいだ。……あ、いらっしゃい！」

また客が入ってきて、お紋は注文を取りに、離れた。母親の後ろ姿を見て、お市は苦い笑みを浮かべる。

「まったく、いつもあんな調子なんだから、お母さん」

「いいじゃねえか、元気で。お紋さん見てると、こっちまで愉快になってくるわ」

お市に酌をされ、木暮は目を細める。辛口の下り酒を啜って「旨い」と呟き、木暮はふと言った。

「俺はお吟さんってえ人に会ったこたぁないが、話を聞いてると、なんだか鬼婆のようじゃねえか。どんな婆あなんだろうな、拝んでみてえわ」

「鬼婆ねえ……。まあ、いずれ、会ってみたら分かるわよ」

お市は、ふふふ、と笑った。

三

一頻《ひとしき》り雨が降り、ぬかるんだ道を、お紋は歩いていた。紫陽花《あじさい》が咲き乱れる近くの稲荷を詣で、賽銭《さいせん》を投げて、願いごとをする。

お紋が願うのは、もちろん店の繁盛、そして己の躰について、だ。

――どうか、一日でも長く、元気でいられますように――と。

お紋には、誰にも、お市やお花すらにも話していない、ある秘密があった。

それは、余命があと二年であるということだ。

お紋は半年ほど前、お腹に急に差し込むような痛みを感じ、こっそり医者に診てもらった。悠庵《ゆうあん》というその医者は、もう七十歳を超えていて少々耳も遠くなってはいるが、お市の旦那だった順也を診てもらったこともあり、信頼を置いている。

悠庵はまずお紋の顔色をよく見て、次にお腹を手で押さえ、揉みほぐすように、じっくりと診た。お腹を触られている間、お紋は不安で仕方がなかった。針でちくちくと刺すような痛みが、常に走った。

診終わると、悠庵は言った。

「腹部に、大きな腫《は》れ物が出来ている」と。そして「不治の病」と診断され、悠庵は顎髭《あごひげ》を生やした顔を翳らせながら、お紋に告げた。

「もって二年ぐらいだろう」と。

その言葉を耳にした時、お紋の頭の中は真っ白になった。

すーっと血の気が引いていき、身動き出来なかった。

お紋は酷い衝撃を受けた。いつか誰でも死を迎えると分かってはいても、己にそれほど早く近づいているとは、その時まで気づかなかったからだ。

項垂《うなだ》れてしまったお紋に、悠庵は自ら調合した薬を出し「またいらっしゃい」

と言った。

お紋は呆然として家へ帰り、こっそり二階へ上がって、暫くじっとしていた。衝撃が強過ぎて、涙すら出なかった。

下から、「お母さん、店、開けますよ」というお市の声が聞こえて、お紋は我に返った。障子窓に当たる陽射しは、弱まってきている。

お紋は立ち上がって仏壇に向かい、線香をあげて、多喜三の位牌《いはい》に手を合わせた。

――近いうちにそちらに伺いますから、それまで、どうぞお見守りください――と。

そしてお紋は、悠庵からもらった薬を飲んだ。噎せてしまうほどの苦さだった。

お腹の痛みは、薬を飲まずとも、殆ど治まっていた。悠庵から言われたことの衝撃が強過ぎて、痛みも紛れてしまったのだろう。

お紋は下へ行き、何事もなかったかの如く、いつもと同じように努め、笑顔で振る舞った。お市もお花も、目九蔵も客たちも、お紋に何かあったなどと、誰も気づかなかっただろう。いつものように陽気に冗談を飛ばして皆を笑わせながら、お紋は思ったものだ。

――私も大した役者じゃないか――と。

お紋は、余命のことは誰にも話すのはよそうと考えた。心配させたくないからだ。話せば、腫れ物に触るような扱いを受けることになるのは目に見えており、それも辛い。お紋は自分が、「殺しても死なない元気な婆さん」と思われていたかったのだ。

――お市やお花に正直に話すのは、躰が目に見えて弱ってきて、動けなくなってからにしよう――

お紋は、そう決めた。

初めは動揺したが、日が経つにつれ、心は定まっていった。お紋は、悠庵のところにも、もう行かなくてよいと思った。診てもらうのが、恐ろしくもあった。

――『もって二年』と言われたところ、新たに診てもらって、『やはりもって一年』などと言われたら、また酷く傷つくことになる。それならば、余命二年と心して、悔いないように生きよう。今度医者に診てもらうのは、痛みでどうしようもなくなった時だ――

お紋は、悠庵から出された苦い薬も、堪えきれぬ痛みが襲ってきた時のために取っておこうと、箪笥《たんす》の引き出しの奥深くに仕舞った。

お紋はいざという時のために遺言も残し、それも仕舞い込んだ。

お紋が少々図々《ずうずう》しくなってしまうのは、今日一日を精一杯楽しく生きようとするがあまりだ。根っから楽天的なお紋は、死について考えつつも、くよくよしないようにしている。心が定まってからは、やがて訪れる死を、微笑みながら待つことが出来るようになったのだ。

孫のお花から「食い過ぎだよ」といつも窘められるお紋だが、心の中では、こんなふうに呟いている。

――食べられるのも今のうちだ――と。

まだ躰が弱ってくる気配もなく、食欲も旺盛《おうせい》だが、こんなに元気なのも今だけだろうと、お紋は覚悟していた。

両国《りょうごく》で川開きが行なわれた夜、吉田屋文左衛門が光則を連れて〈はないちもんめ〉を訪れた。花火を見た帰りだという。光則は藍《あい》色の浴衣《ゆかた》を粋《いき》に着こなしていたが、脚をまだ少し引き摺《ず》っているのが痛々しかった。

「沢山食べて、光則さんに元気になってもらいたくてね。お市さん、とっておきのもの、お願いしますよ」

文左衛門に言われ、お市は「かしこまりました」と、笑みを浮かべて下がった。

花火を見にいけるぐらいだから、怪我は癒えてきたようだが、光則はやけにビクビクとしている。襲われたのが、やはり怖かったのだろう。

――引き籠《こ》もるようになってしまっても困るので、吉田屋様、光則さんを連れ出したのね――

お市はそう考え、光則に精をつけさせるような料理を、目九蔵に頼んだ。

目九蔵はすぐにお通しを作り、お市はそれと酒を運んだ。

「どうぞ。〝韮《にら》とろ〟です。お醬油を掛けて、召し上がれ」

「おおっ、これはまた風情《ふぜい》のある」

文左衛門と光則は小鉢を覗き、笑みを浮かべた。

青々しい韮に、真っ白なとろろが掛かり、うずらの卵の黄身が愛らしく載っている。酒は〝剣菱《けんびし》〟。すっきり辛口で、呑みやすい。冷やだと、旨みがいっそう引き立つ。

〝剣菱〟を一口啜り、二人とも「うむ」と満足げに頷き、〝韮とろ〟を摘む。

「粋な味だねえ、彩《いろど》りも良いし。この酒に、実に合う」

「黄身とところが混ざり合い、それが絡んだ韮の、なんと美味なこと。韮のこの匂いも、堪りませんね。酒が進みます」

「気に入ってもらえて、よかったです」

お市は微笑み、二人に酌をして「ごゆっくり」と、再び下がった。

そして次に、〝韮と鮪炒《いた》め〟を運んだ。

「おお、これはなんとも芳《かぐわ》しい。胡麻油《ごまあぶら》の匂いが、そそるねえ」

二人は鼻をひくつかせる。かりっと焼かれた鮪と韮は、垂涎《すいぜん》の取り合わせであった。

「いやあ、私、こちらのお店に伺うようになって、鮪の旨さに開眼しましたよ。早速、いただきます」

光則は箸を延ばし、鮪を摘んで、頬張った。

「これは、かりかりして、でもふわっとして、絶品だ！」

「片栗粉《かたくりこ》が塗《まぶ》されているね。わしは揚げ物も好きでねえ」

鮪を噛み締め、文左衛門は相好を崩す。二人の満足げな顔を見て、お市は笑みを浮かべた。

「揚げた鮪に、酒と味醂と醤油を絡ませてさらに熱しておりますので、味がしっかりついてますでしょう？　私も大好きなんです、このお料理」

「鮪と韮が、これほど相性が良いとは」

「生姜も利いていて、酒に本当に合う、憎い一品だ。お市さん、今度は燗をつけてくれませんか」

「かしこまりました」

お市は礼をし、板場へと向かう。

お市が燗酒を持ってくると、二人は既に一皿食べ終えてしまっていて、お代わりを頼んだ。

「鮪は揚げ物にすると、いっそう旨くなりますね。脂っこくて食べられたものではないかと思いましたが、とんでもない！　生姜のおかげで、案外さっぱり食べられます。ここの料理は、やはりさすがです」

光則の白い頬は、最前までの怯えが失《う》せたように、ほんのり紅潮《こうちょう》している。

お市は安心した。

「ありがとうございます。喜んでもらえて、嬉しいわ。少しお待ちくださいね」

お市がお替わりを運んでくると、お紋が二人と話していた。

「今、お紋さんに引き札を見せてもらっていたんですよ。上手に書けてるじゃありませんか。これならお客さんがやってくるでしょう」

行灯の明かりに引き札をかざし、文左衛門が笑みを浮かべる。

「ええ。吉田屋様に紙を融通《ゆうずう》していただいたおかげで、鮪料理が好評なんです。本当に何とお礼を申してよいやら」

お市は丁寧に頭を下げた。

「好評で、何よりですよ。このお店のお手伝いが出来て、わしも嬉しいです」

文左衛門は優しい笑みを浮かべつつ、お市を好色そうな目で見つめる。桔梗色《ききょう》の縞の着物を纏ったお市は、匂うが如く、今宵《こよい》も艶《あで》やかだ。

店が落ち着いてくると、文左衛門はまたも皆を呼び、酒を奢った。

「旦那、いつもすみませんねえ」

「御馳走さまです」

お紋もお花も、嬉々とする。目九蔵はいつものように一杯だけきゅっと呑み干し、丁寧に礼を述べ、すぐに下がった。その姿に、光則は感心する。

「目九蔵さんは、相変わらず渋いですね」

「板前というのは、ああでなくてはいけません。京の出なんですよね、目九蔵さんは？」

文左衛門に問われ、お市は答えた。

「ええ、そのようです」

「なんとなく秘密めいている雰囲気なのは、寡黙だからでしょうか」

光則は、目九蔵に興味があるようだ。

「あまり自らのことを喋らないんですよ、あの方。だから私どもも、詳しいことはよく分からなくて……」

「おや、それなのに雇っているんですか？　大丈夫ですかね。どのような伝手《つて》で、雇ったんでしょう。口入れ屋《くちいれや》を通してなら、おおよその素性《すじよう》は分かってますよね？」

するとお紋が口を挟んだ。

「いえね、京で名店と言われる〈山源《やまげん》〉ってのがありましてね。その〈山源〉は十年ぐらい前から江戸にも目をつけていて、時折、様子を見にきていたんですよ。店を出そうか出すまいか、と。で、〈山源〉の人たちは江戸に来ると、うちにも寄ってくれましてね。目九蔵さんは、その〈山源〉の紹介だったんです。『江戸で働きたいと思っている、腕の良い板前がいる』って。その頃うちもちょうど板前を探していたんで、来てもらったんです。七年前ですね」

「ほう、ではその京の名店で働いていたのですか」

「そのようですね。短い間だったようですけど。で、〈山源〉の紹介なら間違いないと、うちで働いてもらうことにしたんです。『何かあったら、いつでも言ってくれ』というお話でしたし。そうそう、〈山源〉、来年、江戸にも店を開くようですよ。場所は日本橋《にほんばし》を狙ってるって言ってました、この前来た時にね」

お紋の話を聞いて、文左衛門も納得したようだった。

「なるほど。では、詳しくは知らない人物でも、危険ということはなさそうですね。安心しました」

「京の名店で板前をしていたのですね。腕が良いというのも分かります」

光則も大きく頷いた。

美味しい料理と酒と、女三人の陽気さで、光則もすっかり和んでいた。引き札を眺め、お花に思いつきを述べる。

「料理の絵を入れてみれば、もっと美味であると伝わるのではなかろうか」

「ああ、そうかもしれない！　……でも、一枚ずつ絵を描くのは、たいへんと言えば、たいへんだけど」

「そうか。手書きで作っているのだな。何なら、私が絵を描くのを手伝ってもいいが。刷りも」

「そ、そんな！　それはさすがに悪いですよ！　お仕事もあるだろうし」

文左衛門はお市に酌をされながら、二人を眺めていたが、唐突《とうとつ》にまたも膝を打った。

「ああ、良いことを思いつきました！」

皆の目が、文左衛門に集まる。

「〈料理かるた〉ですよ！　これは必ず売れます！」

文左衛門は満面に笑みを浮かべる。お市たちは顔を見合わせた。

「このような感じです」と、文左衛門は例を挙げた。

「〝い〟なら、〝鰯《いわし》の身夫婦《めおと》の仲も丸め込み〟。夫婦喧嘩をしていても、鰯のつみれ汁を二人で突けば、丸く収まりますよ、という意味です。このように、料理に関する文句と絵で、かるたを作るんですよ。面白いと思うのですが」

「なるほど、それは受けるかもしれないねえ」

「楽しいわよね、そういうかるたがあったら」

お紋もお市も大きく頷く。お花が言った。

「じゃあ、そのかるたの絵は、光則さんが描くのがいいんじゃない」

「もちろん、光則さんに頼もうと思います。……そこで、貴女方《あなた》にもお願いがあるんですよ。今、わしが言ったような文句を、考えてほしいんです。いや、難しい文句などはいりません！　かるたを売り出す時に、お力添えくださったとして、こちらのお店のお名前も刷らせていただきます。……如何でしょう」

お市たちは再び顔を見合わせる。お紋が少々不安そうに訊ねた。

「その文句って、本当に難しくなくていいんですよね」

「ええ、旨そうな料理の名が入っていれば、障《さわ》りありません。出来れば七五調が良いのですが、字あまり・字足らずはあまり気にせず、調子が良ければいいので、どんどん考えていただけましたらと」

お市もおずおずと訊ねた。

「うちの店の名を記してくださるといいますのは、本当でしょうか」

「わしは嘘は申しません。……今まで、嘘を騙ったことなどないでしょう？　わしは、こちらの店を、応援したいと思っているのですから」

文左衛門にじっと見つめられ、お市は「では、是非！」と微笑んだ。これでまた、文左衛門はいっそう迫ってくるかもしれないが、それを上手くかわせるようでなければ、女将としてやってはいけないのだ。

皆、すっかりその気になり、かるたの文句を考え始めた。

「〝い〟は、今、吉田屋様が仰ったのでいいとして、では〝ろ〟は……」

お紋はふと口を噤《つぐ》んだ。腕を組み、首を傾げる。

「〝ろ〟がつく食べ物って、何かあったかね？」

お紋以外の皆も、首を傾げた。既に〝ろ〟で躓《つまず》いてしまったようだ。

「〝ろ〟、うーん、〝ろ〟ですか」

「魚でも野菜でも、水菓子でも〝ろ〟がつくものなんてあったかねえ？」

皆で唸るが、どうしても思いつかない。お紋は大声を出した。

「ねえ、ちょいと目九蔵さん！　あんた〝ろ〟がつく食べ物とか料理って何か知ってる？」

すると少し間を置いて、目九蔵が板場から出てきた。

「〝ろくべえ〟は、どうでっしゃろ」

「ろくべえ？　それ、どんな料理よ」

「はい。島原《しまばら》や対馬《つしま》で食べられてる郷土料理です。薩摩芋《さつまいも》から作った粉をこねて、麺《めん》を打つんで、黒い麺になるのが特徴ですわ」

「へえ、薩摩芋から出来た麺なの？」

「そのようです。私も一度、作ってみたことがありますが、薩摩芋の甘みがあって、なかなか旨かったですわ」

「ほう。面白い料理があるのだねえ」

目九蔵の話に、皆、感心する。目九蔵は、やけに物識《ものし》りなのだ。お紋は手を打った。

「じゃあ、こんなのは？〝ろくべえや芋から作る黒い麺〟」

「そうそう、そうですよ、お紋さん！　そのような感じです」

文左衛門は懐から扇子《せんす》を取り出し、扇《あお》ぐ。

「もう二つ出来たわね」

「後、四十と五つか。結構すらすら作れそうだな」

「ちょっと待って！　書き留めといたほうがいいから、紙取ってくる」

お花が慌てて奥へ行く。店を閉める刻は過ぎ、ほかに客もいないので、皆で和気藹々《わきあいあい》と案を出していった。

「〝は〟は、どうしよう」

「こんなのは？〝鱧《はも》茶漬滋味《じみ》沁み渡り小骨溶け〟」

「いいわねえ！　鱧は小骨を切るのが、肝《きも》だものね。じゃあ、〝に〟は、これでどう？　〝鰊《にしん》蕎麦蝦夷《えぞ》の香りの黒い汁〟」

「なるほど。鰊は蝦夷で獲《と》れて、運ばれてくるからね。江戸から北は、蕎麦の汁は黒いそうだ。味付けが濃いからね」

「寒いところは、味がより濃いみたいだな」

　このようにして、

〝ほ〟は、〝鯱寿司笹の香りにホウと息つく〟。

〝へ〟は、〝へしことは鯖《さば》の糠《ぬか》漬け酒《ささ》に合ふ〟。

〝と〟は、〝心天《ところてん》夏来たれりと顔を出し〟、と案が出されていく。

「いろはにほへと……で考えていくのもいいけど、順序関係なく、思いついたのを言っていかない？　そのほうが早いよ」

　急いで記しながら、お花が提案する。下り酒をちびりちびりとやりながら、文左衛門が愉《たの》し気《げ》な声を出す。

「それはいいですね。……では、〝けふこえて〟の、〝ふ〟で参りましょうか。〝鮒鮨と女は熟れるほど旨し〟」

「あら、旦那、さすがいいこと仰るわね！　それって私のことかしら。照れるわぁ」

お紋は勝手に思い込み、五十路《いそじ》過ぎの身をくねらせた。文左衛門はお市に目をやり、咳払《せきばら》いを一つする。すると今度はお市が、案を出した。

「〝あさきゆめみし〟の〝あ〟は、これでどうかしら。〝鯵開き一晩干さば味は万福〟」

「いいですねえ！　鯵の一夜干し、旨いですものねえ。さすがはお市さんですよ」

お市を露骨《ろこつ》に褒める文左衛門に、お花は少々鼻白《はなじら》む。自分の母親を狙っていることに、もちろん気づいているのだ。お花は唇を尖らせ、口を出した。

「〝あ〟だったら、穴子《あなご》でもいいんじゃない？〝穴子煮てふっくらとせばかぶりつく〟！」

「まったく、娘っ子が、色気も何もないこと言ってんじゃないよ。〝かぶりつく〟だなんて」

お紋に睨まれ、お花は舌を出す。光則は「かぶりつく、か。そりゃいいや」と、笑っていた。

「〝あ〟は、結構あるね。〝鮎《あゆ》焼きて塩さえ振らばあや旨し〟、なんてどうかい？」

お紋も腕を組んで、考える。

「こんなのも、どうかしら。〝さ〟は〝栄螺《さざえ》焼き三つ葉散らせばツボに嵌《はま》る〟」

「栄螺の壺《つぼ》焼き。ツボを掛けたのですか！　旨い、巧い」

お市の案に、文左衛門は相好を崩す。光則も頭を働かせた。

「では私は、〝あさきゆめみし〟の〝み〟で。〝味噌《みそ》に隠したまことの思い〟は、どうでしょう」

「ああ、いいわね！　味噌は隠し味にも、よく使うしね」

お市が微笑む。お紋も頷いた。

「味噌汁なんかには、確かに料理する人の真心が籠もってるよね。母親が作る味噌汁は、特にね」

「光則さん、良い案を出してくれましたね。……されど、今まで出たのは五七五調ですから、ちょっと調子が違いますな」

文左衛門に指摘され、光則は少し考え、答えた。

「では、これでは如何でしょう。〝味噌に籠めるはまことの思い隠し味〟。……でも、七七五か」

「いや、それならばいいですよ！　これで〝み〟は決まりですね。光則さん、お力添えありがとうございます」

文左衛門は、光則の猪口に酒を注ぎ足した。

話は尽きないが、「これ以上遅くなると、光則さんの躰に障《さわ》るかもしれないので」と、二人は腰を上げた。

「急がなくていいですが、ほかのも考えておいていただけるとありがたいです。よろしくお願いします」

文左衛門はお市たちに頭を下げ、光則をちゃんと駕籠《かご》に乗せ、帰っていった。


店を閉めると、お花は大きな欠伸《あくび》をした。

「続きは明日また考えようよ。もう疲れたから、おやすみ」

お花はさっさと二階へ上がり、自分の部屋へと入ってしまう。三人は、それぞれの部屋を持っているのだ。

目九蔵も着替えを済ませて、お市とお紋に礼をした。

「では私も失礼させていただきます」

「目九蔵さん、ごめんなさいね。夜遅くまで」

「いえ。……いつものことですさかい」

目九蔵は、穏やかな笑みを浮かべる。お紋は息をついた。

「本当によくやってくれるよねえ。あんたの腕なら、もっと老舗《しにせ》でも働けるのに。悪いねえ、うちみたいなとこでこき使って」

「いえ、ありがたい思うております。……では」

再び礼をし、目九蔵は帰っていく。お市たちは戸締まりをしっかりして、お茶を持って二階へと上がった。

「お花は寝ちゃったみたいだね」

「かるた作りの続き、少しする？」

「そうしようか」

二人はお市の部屋で、お茶を喫しながら、かるたの文句をまた考えていった。

「〝お〟は、こんなの、どう？　〝鬼饅頭黄色い角《つの》は薩摩芋〟」

「面白いわ、お母さん！　鬼饅頭は、角切りの薩摩芋がごろごろ入ってるから、角に見えるのよね。〝お〟だったらほかには……　〝おこわ飯山菜きのこ栗でも鯛《たい》でも〟とか。でも、ちょっと安直過ぎるわね」

お市は苦笑する。

「いや、そんなことないよ。おこわは本当に何を入れても美味しいものね」

「なんだか、楽しいわね。かるたのおかげで、料理を見直すことが出来そうだわ」

「ほんとだよ」

母娘、行灯の明かりに包まれ、微笑み合う。

「〝こ〟は、何かあるかな」

「……〝こはだ〆め鮨《すし》を握れば秋近し〟」

お市はそう言って、溜息をつく。お紋は娘を見つめた。

「こはだ〆めて鮨握るの上手だったよね、順也」

「うん……なんだか思い出しちゃった」

順也との日々が蘇《よみがえ》る。お市は十七歳で順也と夫婦となり、二十八歳で寡婦となった。板前だった順也は、どんな料理も作れ、鮨を握るのも上手かったのだ。

お紋も色々な思い出が過《よぎ》ったのだろう、洟を少し啜った。

「まあ、なんだかねえ。私もお前も、男運はあまり良くないみたいだねえ。二人とも、亭主が早く亡くなっちまってさ」

「どうしてなのかしらね。……嫁が強過ぎるからかしら？」

寂しげな顔をしつつ含み笑いをする娘に、お紋は眉を顰《ひそ》めた。

「そんなこと言うと、あんたも噂されるよ。私みたいに、〝丙午の女〟ってさ！」

「男を食い殺す女か……。そこまで言われちゃうと、穏やかじゃないわね。せめて、〝雌蟷螂《めすかまきり》〟ぐらいにしておいてほしいわ」

「今度は蟷螂だって！　まったく莫迦なことを……」

お紋はぶつぶつ言って、お茶を啜る。お市は、「あーあ、こはだの鮨、食べたくなっちゃった」と呟き、伸びをした。

水無月三日、よく晴れた日、かるた会が〈はないちもんめ〉で催された。

子供の部は、寺子屋で学んでいる十五歳ぐらいまでの子たちで、男児三名、女児四名。大人の部は、二十代から七十代まで、男が二名、女が五名で、職業は植木屋や針子、女髪結《かみゆ》いなど様々だった。

子供を応援するために、その親や師匠なども見にきて、〈はないちもんめ〉は賑わっていた。店の外にも、見物人が押し掛けている。

「はい、押さないで！　〈料理かるた〉、今月の下旬に売り出しますので、よろしくお願いします」

お花は店の前で〈料理かるた〉の引き札を配っていた。この引き札は、吉田屋文左衛門が刷り、用意してくれたものだ。絵は光則が描いたので、如何《いか》にも美味しそうであり、皆、引き札を摑み取っていった。

四つ（午前十時）になると、進行役の文左衛門が挨拶をした。

「本日は〈吉田屋〉の新作、〈料理かるた〉の会を開くことが出来て、たいへん喜ばしく思っております。かるたの文句は、ここ〈はないちもんめ〉の皆様のお力添えを得て、完成の運びとなりました。皆様には厚く御礼申し上げます」

文左衛門は一旦言葉を切り、お市たちに深々と頭を下げる。集まった者たちから歓声が起こり、お市たちは恐縮した。「なんだか恥ずかしいね」と、お紋は首を竦《すく》める。文左衛門は頭を上げると、続けた。

「かるたの絵は、本日はご来場叶《かな》いませんでしたが、我が〈吉田屋〉一推しである、絵師・相楽光則さんに描いていただきました。いずれも、とても旨そうな絵となり、私どもも満足しております。皆様も、どうぞ文句と絵を併せて、かるたをお楽しみいただけましたら嬉しく思います。よろしくお願いいたします」

文左衛門は、今度は集まった人々へ丁寧に礼をし、歓声を浴びた。次に、店を代表して、お市が簡単に挨拶をした。

「皆様、本日はお集まりくださって、ありがとうございます。楽しい会にしたいので、どうぞ御遠慮せず、騒いでくださって構いません。競技の後、ちょっとしたものですがお料理をお出ししますので、そちらもお楽しみに！」

艶やかなお市が礼をすると、いっそう大きな歓声が起こる。お市は照れくさそうに微笑み、下がった。

こうして競技が始まった。文句を詠《よ》むのは、お紋の役目だ。お市は、見学に来ている者たちに、お茶を配った。

お紋は、低い声を響かせた。

「〝蕨《わらび》煮る比翼《ひよく》の相性油揚げ〟」

「はいっ！」

子供も大人も、気合が入っている。身を乗り出し、目をぎらぎらさせて札を探し、我先にと手をつけた。勢いよく叩くので、札が舞い上がる。皆、怖いほどに真剣で、お紋も少々たじろいでいた。

「〝南蛮《なんばん》漬け異国の香る旨み汁〟」

「はいっ！」

子供たちのほうが、より白熱する。女児同士、睨み合っている者もいる。

「なんだか迫力あるわねえ」

お市は、見学している人々と呑気《のんき》に話しながら楽しんでいた。しかし、終わりに近づいてきた頃、喧嘩が起きた。睨み合っていた女児の一人が、声を張り上げたのだ。

「ちょっと、お雛《ひな》！　それ、私が先に手をつけたんじゃない！　取らないでよっ」

すると、お雛と呼ばれた子が、真っ赤になって言い返した。

「なによ！　私が先だったじゃない。嘘言うんじゃないわよ！」

「嘘じゃないわ！言い掛かりつけないで」

「お鈴《すず》、あんたはいっつもそうやって、私を悪者にするのよね！　卑怯《ひきよう》よ！」

今度はお鈴が真っ赤になる。

「卑怯とは何よっ！　阿呆《あほ》のくせにっ！」

お鈴は身を乗り出し、向かい合っているお雛の胸倉《むなぐら》を摑んだ。

「やめてよ！　この莫迦！」

お雛も負けずに、お鈴の髪を摑む。

「何するのよっ、髷《まげ》が解けるじゃないの！」

「うるさいっ、あんたから先に言い掛かりつけてきたんじゃない！」

「言い掛かりとは何よっ！」

二人は立ち上がり、取っ組み合いになる。お鈴がお雛の頰を抓《つね》ると、お雛は
「きいっ」と歯軋《はぎし》りしながらお鈴の頭を叩く。

女児が突然暴れ出し、皆の目が点になった。子供の組の札はあちこちに飛び散り、文左衛門は見兼ねて声を上げた。

「おやおや、どうしたんですか」

お紋も「あんたたち、やめなさい」と口を出し、お市が止めに入った。

「折角のかるた会なんだから、仲良くしましょ……痛いっ！」

お鈴の蹴りが、お市に命中したのだ。しかも、脛《すね》に。弁慶《べんけい》の泣き所を直撃され、お市は思わず蹲《うずくま》ってしまう。するとお花が飛んできて、一喝《いっかつ》した。

「何やってんだよっ！　あんたたちのせいで会が台無しじゃないか！　餓鬼《がき》なら餓鬼らしく、おとなしくしてなっ！」

男勝《まさ》りのお花の啖呵《たんか》に、お鈴もお雛も我に返ったようにしゅんとなる。

「ごめんなさい」と謝り、二人は腰を下ろした。お花は腕を組み、溜息をついた。

「まったく……面倒掛けやがって。なに、あんたたち、親は来てないの？」

「はい……来てません。寺子屋のお師匠様が見にくるはずだったのですが、まだ来てません」

「何か用があって、遅れているのだと思います」

お鈴もお雛も、普通にしていれば、礼儀正しく可愛らしい。二人はともに九つで、同じ寺子屋に通っているという。名は体を表わすというように、お鈴は子猫に、お雛は小鳥に、どこか似ていた。

文左衛門はお市を介抱《かいほう》し、「痛くありませんか」と脛に触れようとしたが、お市は「大丈夫です」とさりげなくそれを避けた。

場はどうにか収まり、かるた会は続けられた。結果、優勝者は、子供の部はお糸《いと》という女児、大人の部はお勝《かつ》という女となり、女人《にょにん》の活躍が目覚ましいものであった。

「頑張りましたね。盛り上げてくれて、ありがとうございました」

優勝者に、文左衛門から新作かるたと賞金が渡される時、お鈴とお雛はまた睨み合いを始めた。二人は小声で罵《のの》り合う。

「あんたが言い掛かりつけてこなかったら、私が優勝していた筈だったのに」

「ふん。それは私の台詞《せりふ》よ。あんたみたいな阿呆がいなかったら、私が今頃受け取ってたわ」

「何よっ」

「うるさ……きゃ、痛っ」

お花に耳を強く引っ張られ、二人の女児は静かになった。お花は二人の目に涙が滲《にじ》むまで、耳を抓ってやった。

その後、皆に料理が振る舞われた。

品書きは、〝蚕豆御飯〟〝野蒜《のびる》の味噌汁〟〝間八《かんぱち》のカマの照り焼き〟食後の甘味《かんみ》に〝山桜桃梅寒天《ゆすらうめかんてん》〟。

これらはすべて、かるたに詠まれたものだ。

〝そ〟の蚕豆は〝蚕豆を茹《ゆ》でて剝いたら飯に混ぜ〟。

〝の〟の野蒜は〝野蒜摘み味噌汁に入れ葱代わり〟。

〝か〟の間八は〝間八のカマの照り焼き酒進む〟。

〝ゆ〟の山桜桃梅は、〝山桜桃梅蜜で煮詰めて甘き餡《あん》〟。

「皆様、お腹一杯召し上がってくださいね！　御馳走させていただきますので」

お市が笑顔で言うと、歓声が再び上がった。芳ばしい匂いに満ちた店の中、大人も子供も皆、笑みを浮かべて料理を頬張る。

「美味しい、この蚕豆御飯！」

「野蒜の味噌汁、葱より好きかも」

「間八、醤油と味醂の甘辛い味が染みてら。くーっ、酒がほしくなる！」

「先に甘味をいただいちゃったわ。これ、見た目も綺麗で、ほんのり甘酸っぱくて。薄紅《うすべに》色の山桜桃梅の餡を、寒天に掛けたのね」

美味しいものは、誰をも幸せにし、笑顔にする。お市は嬉々として、板場へと向かった。

「目九蔵さん！　皆様、喜んでくれてるわ。ありがとう！」

目九蔵は照れくさそうにお市に会釈し、黙々と作り続ける。お市は「すぐになくなっちゃうから、どんどん作ってね」と笑みを掛け、また戻っていった。

お紋、お花と一緒にせっせと給仕していると、木暮がふらりと入ってきた。

「賑やかじゃねえか。今日は貸し切りかい」

「数日前から、張り紙してあったでしょ。昨夜呑みにきた時も、伝えたじゃない。『明日の昼は、かるた会よ』って」

「ふふ、分かっているさ。分かっていても、お市さんの顔が見たくて、つい来ちまうという訳よ。まあ、男の性《さが》だなあ」

木暮は、にやりと笑う。

「もう、何言ってるのよ。……まあ、いいわ。本当は参加者以外は駄目だけれど、旦那はいつも来てくれるから、特別に無料《ただ》で食べてって。でも、御飯も味噌汁も一杯ずつね」

「ありがとよ、さすがはお市さん。いい女だねえ」

木暮は空いた場所に腰を下ろし、刀を左に置いた。

「ふうん。盛況のようだな」

店を見回し、文左衛門と目が合う。どちらも、些か複雑な顔になる。お市を目当てに通っていることを、互いに知っているからだ。文左衛門にそっと会釈され、木暮も返す。微かに火花を散らしつつ、木暮も文左衛門も、お市の脂の乗った艶《なま》めかしい肢体《したい》を、眺めていた。

皆、和やかに料理を楽しんでいたが、お鈴とお雛は山桜桃梅寒天を頬張りながら、再び諍《いさか》いを始めた。

「お師匠様、遅いわね。もう来ないのかしら」と言ったお鈴に、お雛が突っ掛かっていったのだ。

「ふん、あんたの顔が見たくなくて来なかったのよ」

「なんですって？　今の言葉、取り消して！　お師匠様が顔を見たくないのは、お雛でしょう」

お鈴は真っ赤になって声を荒らげる。お雛はお鈴を見下したように、追い打ちを掛けた。

「あら、私はお師匠様に好かれているもの。今度、一緒に夏祭りに行くの。約束したのよ。ふん、あんたの負けね！」

するとお鈴が、お雛の頬を引っ叩いたのだ。今度はお雛が激昂《げっこう》して、顔を真っ赤にする。

「何するのよっ！」

「この、すべた！　あんたみたいな不細工、お師匠様が本気で相手にする訳ないでしょ。夢で見たようなこと言ってんじゃないわよっ」

「何さ！　鼻が上向いてるくせにっ！」

「小太りのくせにっ！」

二人はまたも摑み合いになる。

「お師匠様は渡さないわよ」

「ふん、あんたなんて無理よ。お師匠様は私のものなんだからっ」

「私のもんよ」

「きぃーっ」

どうやら女児二人は、寺子屋の師匠を巡って、恋敵のようだ。それゆえに仲が悪いのだと、お市たちはようやく察した。

お鈴とお雛は胸倉を摑み合い、髪を引っ張り合い、暴れに暴れる。お市は脛を蹴られないように注意しつつ、止めに入った。

「いい加減にしなさいよ。貴女たち、大人げないわ」

「子供なんだから大人げなくて当たり前でしょ！」

怒鳴り返され、お市は「あ、そうか」と、情けなくも納得してしまう。

子供の部の優勝者であるお糸は、目を瞬かせながら、二人を見ている。驚き、呆れているのだろうか。お鈴たちより一つ年下とは思えぬほど、落ち着いた女児だ。

「あんたは、あの二人のこと知ってるの？」

お紋が訊ねると、お糸は答えた。

「はい。隣町なので、通っている寺子屋は違いますが、知っています。二人とも、お師匠様のことを好きで堪らないようですよ」

「まったく、早熟《ませ》てる子たちだねえ。お師匠さんに憧れるだけならまだしも、あんなに火花を散らして。ところであんたは、お師匠さんのことを好いたりしないのかい？」

「私もお師匠様に憧れております。でも、私のお師匠様は女の方ですから」

「そうなのかい。平和だね、そのほうが」

「はい、とても素敵な方なんです。お優しくて、お美しくて、書も、お琴も、お裁縫《さいほう》も、何でも優れていらっしゃって。百合のお花のような方なのです」

「ふうん。良いお師匠様に習えて、幸せだねえ」

「はい。私、お師匠様を目標にしているのです」

お糸は、つぶらな愛らしい目を輝かせる。お紋は笑みを浮かべ、「いい子だ」と、お糸の頭を撫でた。

見兼ねたのだろう、木暮も「よせよせ」と、二人を止めに入った。しかし二人は収まらず、今度は木暮を引っ掻きそうな勢いだ。するとまた誰かが店に入ってきて、大声を出した。

「お鈴、お雛、何を騒いでいるんだ！」

聞き覚えのある声に、お鈴とお雛がぴたっと止まる。二人は笑顔で声を揃えた。

「お師匠様！」

二人の師匠は、お市と木暮に頭を下げた。大柄で精悍《せいかん》で、爽やかな青年だ。武士の次男坊、三男坊といったところだろう。

「それがしの寺子が御迷惑をお掛けしてしまい、申し訳ない。御無礼をどうぞお許しいただきたい」

若き師匠は、厳しい顔つきで詫《わ》びる。お市は微笑んだ。

「いいんですよ。別にお店を滅茶苦茶にした訳ではありませんし、勝手に二人で喧嘩しただけですから」

「本当に、申し訳ない。……ほら、お前らもちゃんと謝れ！」

師匠はお鈴とお雛の頭を、拳固《げんこ》で小突いた。憧れの師匠に怒られ、二人は悲しいのか嬉しいのか分からぬような泣き笑いの表情で、詫びを述べた。

「申し訳ありませんでした」

「反省します。ごめんなさい」

二人とも深々と頭を下げ、声を揃えた。

「もう決して喧嘩しませんので、許してください」

お市は笑った。

「そんなに急に殊勝《しゅしょう》にならなくても、いいわよ。それに、無理なことは言わないほうが、身のためよ。決して喧嘩しません……なんて、貴女たちが出来る訳ないでしょ」

「そりゃそうだ！　まあ、いいんじゃない。喧嘩するほど仲の良い証《あかし》だよ」

お紋も少し欠けた前歯を覗かせ、けらけら笑う。お花は師匠を眺め回した。

「この子たち、どうやらあんたを巡って、恋敵みたいじゃない。どんなに素敵なお師匠かと思ってたよ。ふうん、あんたがそうなんだ」

お花の不躾《ぶしつけ》な眼差しに少々たじろぎつつ、師匠は咳払いをする。お花にばらされ、お鈴とお雛は「きゃあっ」と手で顔を覆《おお》った。

「いや、恥ずかしい」

「お師匠様の前では言わないでください」

先ほどとは打って変わり、娘らしく恥じらう姿に、一同は唖然《あぜん》となる。お紋は声を潜めた。

「かるた会が縁となって、なんだか、とんでもない娘っ子たちと知り合っちまったね」

「あら、可愛いもんよ。普通にしてれば、子猫と小鳥みたいじゃないの」

お市も小声で、ふふと笑う。

「ふん、あたいは二度と関わりたくないけどね」

お花は、しれっと言った。

お市がお茶を運ぶと、その師匠は改めて礼をした。

「名乗るのが遅くなってしまい、失礼いたした。それがし、貧乏旗本の次男坊で、村城玄之助《むらきげんのすけ》と申す。歳は二十五、水谷町《みずたにちょう》で寺子屋を営んでおる。本日は所用があり、伺うのが遅くなってしまい、申し訳ござらぬ。しかしながら、これも何かの御縁、これからもどうぞよろしくお願い申す」

丁寧に挨拶され、お市が返事をするより早く、お紋が進み出た。

「いいわよ、堅苦《かたくる》しいことは抜きでさ。玄之助さんっていうの。まあ、あの子たちが火花を散らすのも分かるねえ。ちょっと、いい男だもんねえ。こちらこそ、よろしく。あ、私、紋って言います」

だらしなく相好を崩す祖母に、お花は鼻白む。

「婆ちゃんなんかに言い寄られたら、玄之助さん困るってさ」

「いいえ、左様なことはござらぬ。お紋さん、私の祖母にどこか似てらっしゃる。だから、なんだか懐かしさを覚えてしまい……。祖母はもう亡くなったのだが。それゆえ、いっそう」

お紋は、玄之助をじっと見つめた。

「まあ、そうだったの……。折角そんなふうに言ってくれるんだったらさ、いいよ、いつでも甘えてくれて」

「お言葉、かたじけない」

玄之助の爽やかな笑顔が、お紋をときめかせるようだ。お紋は「さあ、召し上がって」と、玄之助に料理を持ってくる。玄之助は「旨い」と喜んで、ぱくぱく食べる。お紋はそんな玄之助に目を細めるも、相手が婆さんでは、お鈴もお雛も怒る気にならないようだ。

頰を仄かに紅潮させているお紋を横目で見ながら、お市もお花も溜息をついた。

二

かるた会は盛況で、〈はないちもんめ〉の名もいっそう広まり、客もさらに増えてきた。

「このところ上向きだから、もう少し高い材料を使って、高い値で出そうか」

お紋が案を出すも、お市は首を傾げた。

「いえ、お母さん。ここでそんなことをすると、折角摑んだお客さんが離れるような気がするわ。もう少し、手堅くいってもいいんじゃない？」

「あたいもそう思う。美味しければ、高くてもお客は金子を出すだろうけど、うちは元々気さくな店だし、今のままでいいと思うよ」

二人の意見を聞いて、お紋は頷いた。

「まあ、さすがは私の娘と孫だ。しっかりしてるよ。……よし、じゃあ、暫くはこのまま〝安い材料で作った美味しい料理を、お手頃な値段〟で、お客たちに楽しんでもらおう」

「それでこそ、〈はないちもんめ〉よね」

三人は微笑み合った。


かるた会から五日が経ち、夜、玄之助が一人で店を訪れた。

「あら、お師匠さん、いらっしゃい！」

お紋は満面の笑みで、玄之助を迎えた。

「かるた会で頂戴した料理がとても旨かったので、また味わいたく参った」

玄之助は照れたように言った。

「それは嬉しいねえ。お酒は呑むでしょ？」

「もちろん、頂戴しよう。菊正宗《きくまさむね》はござらんか？」

「ああ、あるよ。下り酒はやっぱり美味しいものねえ。ちょいと待っとくれ」

お紋はいそいそと板場へと行き、酒とお通しを持って戻ってきた。

「お望みの菊正宗と〝谷中《やなか》生姜の糠漬け〟だよ」

細長く、緑と紅と薄黄色が合わさった彩りの生姜に、玄之助の顔が緩む。酒を一口啜り、谷中生姜をぽりぽり齧って、玄之助は唸った。

「ううん、旨い！　生姜のほどよい辛味が、辛口の酒をいっそう引き立たせる。また糠漬けというのがいい。甘酢漬けより、酒に合うし、それがしは好きだ。癖になる、この味」

玄之助はうっとりしつつ、酒と生姜の調べに酔い痴《し》れる。

「よかった、気に入ってもらえて」

お紋も嬉しそうに、目を細める。玄之助に酌をしつつ、お紋は語った。

「お師匠さん見てるとさ、私も、なんだか孫を見てるような気分になってね。この前言ってくだすったただろ。私を見てると、亡くなったお祖母さんのことを思い出す、って」

「うむ。本当に似ておるのだ。ふっくらと、優しそうなところが。明るいところも」

「明るいだけが取り柄みたいなものだからね、私は」

お紋は、けらけらと笑う。

「新しく、素敵なお祖母さんが出来たようで、嬉しく存ずる。……あちらのお花さんは、真《まこと》のお孫さんなのだろう？」

離れた席で酌をしているお花に目をやり、玄之助が訊ねた。

「ああ、そうだよ。でもねえ、あの子は生意気でねえ、可愛いって感じがしなくなってきてるんだよ。まあ、そうは言っても、なかなか頼りになる子だけどね」

「しっかりしておるよ。寺子のお鈴とお雛が申しておった。お花さんから拳骨をお見舞いされた、と」

「ははは、そんなことを。申し訳ないねえ、大切な寺子さんたちを、とっちめたりして」

「いえいえ、御迷惑をお掛けしたのだから、当然でござる」

「あの子たち、どう？　元気？」

「嫌になるほど元気でござる」

「追い掛け回されてるんじゃない？」

玄之助は弱々しく笑った。

「そういう年頃なのだろう。後少ししたら、それがしのことなど興味がなくなってしまうと思われる」

「あら、そんなことないよ。女ってね、初めて好いた男のことは、いつまでも覚えてるもんだよ。私だって……」

「はい、お待ちどお！」

二人の話を遮《さえぎ》るように、お市が次の料理を運んでくる。

「〝鰯の生姜煮〟です。この時季はやはり鰯、そして生姜。鰯をたっぷりの生姜で煮付けてみました。どうぞ」

鰯を醤油・味醂・酒・生姜で煮込んだ、濃厚な匂いが立ち上り、玄之助は思わず喉を鳴らした。

「それがし、鰯の生姜煮は大好物だ。ああ、これも酒が進みそうだな。頂戴いたす」

箸で摘むとほろほろと崩れる柔らかな鰯を口に運び、嚙み締め、玄之助はうっとりと目を閉じる。呑み込み、ゆっくりと目を開け、酒を一口啜って、大きく頷いた。

「……堪らぬ旨さが、緩やかに躰を巡っていくようだ。心まで豊かになる」

「よかったです」

お市も笑顔で頷き返す。玄之助は静かに、鰯と酒を堪能《たんのう》した。

「こんなに喜んでもらえて、嬉しいねえ」

仄かに頰を染めているお紋の肩を、お市はぽんと叩いた。

「お母さん、〈丸岡屋《まるおかや》〉さんがお呼びだから、あちらのお座敷、お願いします」

〈丸岡屋〉は浅草橋《あさくさばし》の人形問屋《にんぎょうどんや》で、そこの大旦那と内儀は〈はないちもんめ〉を長年贔屓《ひいき》にしてくれている得意客であり、特にお紋と昵懇《じっこん》なのだ。〈丸岡屋〉と聞いて、お紋は我に返ったようだった。

「え？　あ、丸岡屋さん、いらしてるの？　気づかなかったよ。……常連さんがいらしたので、ちょっと御挨拶して参りますね。お師匠さん、ごゆっくりどうぞ」

お紋は玄之助に丁寧に礼をして、市松模様の着物の胸元を正しながら、〈丸岡屋〉がいる座敷へと向かった。

「なんだか急に静かになったな」

呟く玄之助に、お市は微笑んだ。

「ごめんなさいね。うるさかったでしょう」

「左様なことはござらぬ。お紋さん、楽しくて、好ましい」

今度はお市が、玄之助に酌をした。

「いいんですよ、無理しないで。……しかし、九つの子たちに追い掛けられたり、五十半ばのお婆さんに色目遣《つか》われたり、もてる男の人ってたいへんねえ」

玄之助は酒を呑みながら、思わず噎せそうになった。

「あら、大丈夫？」

「へ……平気だ。ご、御心配なく」

お市はそっと玄之助の背をさする。治まってくると、玄之助は大きく息をついた。

「いやあ、料理が実に旨くて、つい酒が進んでしまった」

「では、もう一品ぐらい持って参りましょうか」

「あ、お願い出来るか」

「はい。少々お待ちくださいね」

お市は足早に板場へと行き、本当にすぐ戻ってきた。

「鰯と谷中生姜の天麩羅《てんぷら》を載せた丼です。熱いうちに、どうぞ」

「うおおっ。これは凄い！」

御飯に載った天麩羅の迫力に、玄之助は舌舐めずりをした。開いて揚げた黄金《こがね》色の鰯の天麩羅は、艶やかに誘っている。その横で、華奢な谷中生姜が、愛らしく花を添えていた。

玄之助は、かぶりついた。

脂の乗った鰯の天麩羅と、さっぱりした谷中生姜の天麩羅。二つの味わいが、口の中で蕩《とろ》けて、玄之助を夢見心地にさせる。

さくさく、ふわっ、こりこり。嚙み締めると、その極上の美味しさが、頭の芯《しん》にまで伝わっていくようだ。

玄之助は言葉を失ったかのように、ひたすら天麩羅丼を掻っ込んだ。酒もひとまず、休憩《きゅうけい》だ。玄之助は、ただ、鰯と生姜が奏《かな》でる味の調べに、酔っていたかった。

米粒一つ残さず平らげ、玄之助は「御馳走さまでした」と、丁寧に手を合わせた。そして微かに潤んだ目でお市を見て、礼を述べた。

「まことに美味にござった。これほど旨い天麩羅をいただいたのは、生まれてこの方、初めてのような気がいたす。この値で、これほどの味を……。鰯の天麩羅、鯛のそれにも劣らないと存ずる。感激いたした」

玄之助は深々と頭を下げる。お市は「よしてください」と、微笑んだ。

「気に入ってもらえて、本当によかったです。この店は、私の父が『一匁の花のように素朴で飾り気なく、でも、皆を和ますことが出来る、そんな店にしたい』

という思いで、始めたんです。だから、鯛ではなくて鰯の天麩羅などを出してしまうのですが、鯛は鯛で、やはり美味しいとは思いますよ。今日は出しませんでしたが、この頃は鮪の料理も人気ですね、うちでは」

「鮪か？　ほう、それは食してみたかったな。鮪は、それがしたまにいただく。醬油漬けとか」

「あら、そうなんですか。すみません、今日はもう品切れになってしまいました。先にお伺いすればよかったわ」

「いえ、左様なら仕方ござらぬ。また近いうちに参るので、その時、いただこう」

玄之助とお市は微笑み合う。玄之助は「満腹、満腹」とお腹をさすりながらも、酒をもう一本頼んだ。

お市は燗酒を運び、玄之助に酌をしつつ、訊ねた。

「仲の良い人はいらっしゃるんでしょう？」

「うむ。私塾や道場で一緒だった者たちとは、未だに付き合いがござる」

ほろ酔いでも堅苦しい玄之助に、お市は思わず苦笑する。

「いえ、仲の良い〝女の人〟はいらっしゃるのですか、とお訊きしたかったんです」

「あ、左様だったか！……女人であるか。いや、まあ」

玄之助は一息に酒を呑み干す。心なしか、頬に血が昇っているようだ。お市はすぐにまた酌をした。

「玄之助さんのような方、放っておく訳ありませんものね。女の人たちが。現にうちの婆さんだって。……ふふ」

「いえ。そのようなことはござらぬ。男と女の仲とは、思うようにならなかったりするではござらんか。意外にも難しい」

溜息をつく玄之助を、お市は見やった。

「あら、なんだか意味深《いみしん》なお言葉ですね。そのようなことで悩んでいらっしゃるのですか？」

「いえ……まあ」

言葉少なに酒を啜る玄之助に、お市はすかさず酌をする。

「何かあるのでしたら、話してみたら、気持ちがすっとしますよ」

「いやあ、参り申した」

照れる玄之助に、お市は微笑む。玄之助は少し躊躇っていたが、菊正宗が心地よく廻っているのか、思い切ったように話し始めた。

「……気になる人は、おる。しかし、特に仲が良いという訳ではなく、まあ、顔見知りという程度でござる」

「仲良くなればよろしいのに」

「いや、きっかけが摑めず」

玄之助の声が小さくなる。どうやら玄之助は初心《うぶ》なようだと、お市は微笑ましく青年を見つめた。

「そのお相手は、どんな方なんです？　玄之助さんから想われるようなら、素敵な人なんでしょうね」

「うむ……。隣の金六町で、やはり寺子屋のお師匠をなさっておる」

「まあ、女師匠さん」

「左様。私と同じく旗本の出でござるが、お家が改易《かいえき》となってしまったとの由《よし》、今は病身のお母上の面倒を見ながら、子供たちに教えていらっしゃるのだ」

「改易って……何があったんでしょうね」

「うむ。それがしも詳しくは存じはせぬが、お父上が不敬を働き、果ては自害されてしまったと」

「まあ……それはお辛かったでしょう」

玄之助は弱々しく頷いた。

「その方、八重《やえ》どのと申すのだが、とても善《よ》い方なのだ。子供からも慕《した》われており、寺子屋も、それがしのところなどより、ずっと繁盛しておる」

「素敵な女師匠さんなのでしょうね」

「うむ。真面目で、優しくて……。それゆえ、少しでも支えてあげたいのだが、八重どのはいつもお忙しそうで、それがしなど相手にされないのではないかと」

玄之助はふと口を噤み、酒を啜った。

「男の人をそんなふうに思わせてしまうなんて、八重さんって綺麗な方なんでしょうね」

「いや、まあ……はい」

玄之助の日焼けした精悍な顔が、思わず緩む。

「花に喩《たと》えれば、百合のような方なのではありません？　それとも八重さんなら、八重桜かしら」

「いや……桜というよりは、百合のほうだな。純白の」

そう言ってから、玄之助ははっとしたように、手で頭を押さえた。

「いやいや、女将さん、乗せるのが上手でござるな。余計なことを喋ってしまう」

「いいではないですか。うちのような店ではね、日頃なかなか話せないことや、溜まっている鬱憤《うっぷん》を、吐き出してもらって構わないんですよ。……でも、純白の百合のような方って、言い寄るのは確かに難しそうですね」

「まことに」

玄之助は再び、弱々しく頷く。

「こういうふうにも考えられませんか？　そういう方って、皆に『近寄り難い』って思われていて、案外一人で淋《さび》しいかも、って。八重さんって、おいくつなんです？」

「私より一つ上で、二十六だ。……お母上の面倒を見ねばならず、嫁《い》きそびれてしまった。兄上がいたと聞くが、改易となり、岡場所の女と一緒に姿を消してしまったとのこと。無責任な話でござる」

「そうですか。それでは八重さん、やはり淋しさを感じていらっしゃるでしょう。誰かに支えてほしいと、心の中では思っているんじゃないかしら」

玄之助とお市の眼差しが合う。玄之助は「よく呑んだ」と目元を掻きながら、大きく息をついた。

「八重どのは楚々《そそ》として、本当に美しいのだ。淑《しと》やかで、『源氏《げんじ》物語』がお好きでな。和歌や俳句も作る」

「私も一度、八重さんにお会いしてみたいわ。……そうだ！　今度、うちに、八重さんを連れていらっしゃれば？」

玄之助は目を瞬かせた。

「え……あ、はい。……でも、障《さわ》りなかろうか、それがしが誘っても」

「何、気弱なことを仰ってるんですか！　玄之助さんに誘われたら、八重さん、きっと喜んで応じますよ。気軽に言えばいいのよ、『面白い女の人たちがやってる店があるから、今度そこに食べにいきましょう』って！　私たちをダシにして、誘ってくれて構わないから。『変わったお婆さんと、おっちょこちょいのおばさんと、お侠な娘でやってる、楽しい店』って」

玄之助は思わず笑ってしまう。

「ははは、それはいい。『〝はないちもんめ〟に会いに参ろう！』と、お誘いしてみようか」

「是非！　絶対上手くいきますから」

お市は玄之助に、にっこり微笑んだ。

〈塚田屋〉の値上げに腹を立てたお紋たちは、庄太が豆腐を売りにきても暫く買わないようにしていた。ほかの豆腐屋に切り替えたところ、目九蔵の腕で料理をすればどうにか格好はつくのだが、冷奴など豆腐そのものの質を問われる品では、お客たちに「味が落ちた」と見抜かれる。お市は溜息をついた。

「この時季は冷奴なのよねえ、やっぱり」

「いつまで値上げしたまんまなんだろう」

お花も唇を尖らせる。お紋は煎餅を齧りながら、言った。

「でもさあ、〈塚田屋〉も自分の首を絞めることになるかもしれないね。うちみたいに、あそこで買うのをやめた料理屋が、増えてるみたいだからさ」

「ふん。そのうち、あの女狐・お淀の店しか使わなくなるよ、あそこの豆腐なんて。お淀の店だけじゃ、やっていけなくなるだろうに。莫迦だよね」

お花も煎餅を摑み、音を立てて齧る。二人につられ、お市も煎餅に手を伸ばした。

「庄ちゃんは、ちょっと気の毒だけど。皆から嫌がられて、注文が減っちゃっても、毎日のように廻ってくるじゃない。仕事とはいえ、けなげよね」

「ほんと、けなげだよねえ。そういや、酒屋の手代の善《ぜん》ちゃんが言ってたよ。

『庄太の奴を、あまり虐《いじ》めないでおくんなせえ。あいつも頑張ってるんですから』って」

「あら、善ちゃんが？　あの二人、知り合いなの？」

「そうみたいだよ。善ちゃんが兄貴分みたいな感じなのかな。庄ちゃんのこと、『いい奴ですぜ』って褒めてたよ」

二人の話を聞きながら、お花がにやりと笑う。

「善三《ぜんぞう》か。……あいつ、日本橋のほうに好いた女がいるらしいね」

「あら。善ちゃん、日本橋のほうも廻ってるの？」

「そうだよ。日本橋のほうへ行く時、にっこにこしてるもん。それであたい、その相手は、どこぞの料理屋の女将と踏んでるんだ」

「なるほどねえ。女狐じゃないことを祈るよ」

「あら、お母さん。善ちゃんはそんな女には、なびいたりしないわよ。善ちゃんが好くようなのは……そうねえ、こう、可愛らしい感じの女《ひと》なんじゃないかしら。それでいて、しっかりしているような」

お花がまたにやりとする。

「そうかなあ？　あたいは、五つぐらい年上で、三味線《しゃみせん》が上手で、煙管《きせる》吸ってる女のような気がする。善三が、そういう女の尻に敷かれているのが、目に浮かぶ」

「そっちのほうが面白いね！」

お紋が手を叩いて笑う。お市も笑いつつ、言った。

「善ちゃん、お人好しだものね。そんな善ちゃんが言うのだから、庄ちゃんもいい人なのよね、本当に。めげずに注文取りにくるし」

「まあ、確かにね。そうだ……庄ちゃん、こないだ、こんなこと言ってたよ。『卯《う》の花《はな》はまったく値上げしてません。どうですか』なんてね。卯の花を高くすることは、さすがに出来ないみたいだ。まあ、いくら安くても、あそこで買うのはもう嫌で、断わったけどね。卯の花じゃ、ぱっとしないしね」

お市は少し考え、言った。

「卯の花か……。目九蔵さんなら、卯の花でも、何か美味しいものを作れそうだけれど」

「目九蔵さんかあ。けなげに頑張るよねえ、あの爺さんも」

しみじみ言うお紋に、お花がふんと笑う。

「自分だって婆さんのくせに」

「おだまり」

女三人、姦《かしま》しく、煎餅の匂いとともに夜は更《ふ》けていく。

三

数日後、月が美しく照る夜、玄之助が八重を連れて〈はないちもんめ〉を訪れた。

二人を見て、お紋は目を瞬かせた。

「あら……こちらは、妹さん……いや、お姉さん？」

玄之助は照れくさそうに笑った。

「いえ。それがしの知り合いで、隣町で寺子屋の師匠をなさっている、八重どのでござる」

「初めまして。玄之助さんに、とても美味しいお料理を出す素敵なお店があるとお伺いして、今日は楽しみにして参りました。よろしくお願いいたします」

八重は礼儀正しく、お辞儀をする。玄之助の言葉どおり、八重は、百合の如き楚々《そそ》とした美しさを湛えている。お紋が落胆《らくたん》するのが、ありありと窺え、お市もお花も噴き出しそうになるのを堪えた。

お紋は一瞬言葉を失ったが、気を取り直したように、八重に返した。

「お越しくださって、ありがとうございます。うちの板前が、腕に縒《よ》りを掛けて作りますので、沢山召し上がっていってくださいね」

「はい。ありがとうございます」

八重の優しい笑顔に、お紋も気が抜けたようだ。お市は二人を座敷に上げ、「ごゆっくり」と下がった。

板場へと向かうお市に、お花が耳打ちした。

「婆ちゃん、振られたみたいだね」

「振られるも何も……玄之助さんは、初めからそんなつもりじゃないでしょうよ」

母と娘は顔を見合わせ、くっくと笑った。

お市はまず、酒と通しを二人に運んだ。

「この前、玄之助さんにお出しして気に入っていただけた、谷中生姜です。本日は、甘酢漬けにしてみました」

甘酸っぱい二人にはぴったりだと思ったから出したのだが、それは言わずにおく。下手なことを言って、玄之助以上に初心そうな八重の心を乱し、二人の仲がぎくしゃくしたら事だからだ。

「まあ、鮮やかな紅色。私も、谷中生姜、大好きです。……いただきます」

八重は生姜を摘み、ぽりぽりと齧る。その仕草さえ品があり、玄之助は見惚《みと》れているようだった。

「なんて爽やかなお味！　甘酸っぱさが口に広がって、まるで水菓子のようです」

八重は微笑み、満足げな声を出す。玄之助も笑みを浮かべ「それはよかった」と、生姜を齧った。

「うん。この前の糠漬けも美味だったが、こちらも実に旨い。本当に、水菓子を食べているような、清らかな味わいだ」

「安心しました。お二人にそう言っていただけて。別のものも御用意しますので、ごゆっくり召し上がってください」

お市は礼をし、長居は無用と、再び下がる。板場へ向かいつつ、ちらと振り返ると、玄之助が八重に酒を注いでいる。二人の笑顔を見て、お市の心も温《ぬく》もった。

板場へ入ると、お紋が床几《しょうぎ》に腰掛け、ぼんやりしていた。

「あら、お母さん、こんなとこで何してるのよ」

「……あ、ああ」

お紋は咳払いし、「ちょっと腰が痛くてね」などと言う。お市は苦笑した。お紋の消沈《しょうちん》の訳は、薄々分かっている。

「お母さん、七転び八起きよ。若い頃からの口癖だったじゃない。平気平気、玄之助さんに振られても、またすぐに、いい男《ひと》が現われるわよ！」

お紋は後《おく》れ毛《げ》を直し、息をつく。

「そんなんじゃないさ。玄之助さんに思い人がいたって、当然じゃないか。嫁さんがいて当然の歳なんだからさ。……ただ、八重さんがあまり綺麗でね。若いっていいなあ、なんて思っちゃってさ」

「まあ、そういう気持ちも分かるけれど。ここは一つ、玄之助さんの幸せのために、私たちも応援してあげましょうよ」

娘に微笑まれ、お紋も気を取り直す。

「そうだね……。応援してやるか。折角、店にも来てくれたんだからさ。よし、目九蔵さん、あの二人に、美味しいもの作ってやって」

目九蔵は魚を捌《さば》きながら「かしこまりました」と、淡々と返す。お紋に調子が戻ってきて、お市は安心した。

「八重さんってお淑やかよねえ。八重さんも武家の出らしいけれど、やはり違うわ」

「考えてみればお似合いだよね、あの二人」

「寺子屋のお師匠同士だしね。八重さん、『源氏物語』が好きで、和歌や俳句も詠まれるそうよ」

「へえ。そりゃ、風流だわねえ」

するど目九蔵が、ぽつりと口にした。

「『源氏物語』がお好き言うなら、椿餅《つばきもち》なんかを出したら、喜んでくれはるかもしれまへん」

お市とお紋は、目九蔵を見やった。

「どうして椿餅なんだい？」

「へえ。『源氏物語』には、確か椿餅が出てきますさかい。平安の貴族が食べてた菓子なら、満足いただけるちゃうかと」

お紋が目を瞬かせた。

「……前から思ってたけど、あんたって物識りだよねえ。何？　あんた、いったい何者よ」

「へえ。わてはただの板前ですさかい。京で生まれ育てば、『源氏物語』ぐらい誰でも知るようになりますわ」

目九蔵はそう答え、再び淡々と魚を捌く。お市は溜息をついた。

「目九蔵さんは口数が少ないから、余計に謎めいて見えるのかもしれないわね」

「私たちみたいに、のべつ幕《まく》なしに喋るのは、駄目ってことかね」

「そういうことね。余計に阿呆に見えるのよ、きっと」

お市とお紋は、目九蔵の鮮やかな手つきを、しげしげと眺めた。

今度はお紋が、玄之助と八重に、料理を運んだ。皿を見て、二人は声を上げた。

「おおっ、これは！」

「まあ、素敵」

藍色の皿の上に、炒《い》った卯の花が降り掛かった、鰯が載っている。卯の花は、星屑《ほしくず》のようにも見えた。

「鰯を気に入ってもらえたみたいだったから、今日は〝鮓烹《すしに》〟をお出しします。召し上がってみてください」

お紋にはもう笑顔が戻っていた。

〝鮓烹〟の作り方は、こうである。

鰯は頭と腸《わた》を除き、塩水に少し漬けておく。

卯の花に、醬油・味醂・酒・水を加えて、混ぜ合わせる。その半分を鍋に敷き、その上に鰯を並べる。鰯のまた上に、残りの卯の花を載せる。

鍋を火に掛け、ゆっくり煮込んで、味が染み渡れば、出来上がり。

卯の花が塗《まぶ》された鰯を頰張り、玄之助は声を上げた。

「旨い！　ぱらぱらになるまで炒った卯の花と、柔らかな鰯の取り合わせが、何とも言えぬな！」

八重は、まずは卯の花だけを口に含んだ。

「まあ……。鰯の脂が滲んで、なんて美味しいのでしょう。これだけで、御飯が進みそうです」

「ああ、それはいい！　お紋さん、御飯もいただけたらありがたい」

「はいはい。喜んでもらえて、よかったです。ちょっとお待ちくださいね」

お紋は笑顔で応え、板場へと戻った。

御飯が運ばれると、二人は〝鮓烹〟をそれに載せ、頬張った。八重も華奢な躰で、勢いよく食べる。

「本当に美味しいです！　卯の花だけでも良いお味ですが、鰯もとっても味が染みていて」

「これは飯が進んで困る」

玄之助もせっせと食べる。お紋は笑った。

「お二人とも、気の合う人と一緒に食べているから、いっそう乙《おつ》に感じるんだと思いますよ」

玄之助と八重の目が合い、互いに食べる手が止まる。二人の頬が仄かに紅潮したのを、お紋は見逃さなかった。

すると、玄之助が激しく噎せたので、お紋は慌ててお茶を運んだ。

「大丈夫？　余計なことを言って、すまないねえ」

玄之助はお茶を流し込み、胸を叩いた。

「か、かたじけない。もう、大丈夫だ」

薄っすらと目に涙を滲ませている玄之助に、八重は美しい懐紙《かいし》を差し出した。

「風邪などをお召しではありませんか？　お気をつけくださいね」

「あ、ありがたい」

懐紙を受け取ろうとして、玄之助と八重の指先が触れる。二人は再び、頬をほんのり染めた。

「すまぬ」

「いえ」

もじもじしている二人を眺めながら、お紋は些か呆れたように言った。

「あらあら、やってられないね！　邪魔者はここで退散しますよ」

お紋はさっさと板場へ戻った。

鮓烹に使った卯の花は、庄太から買ったものであった。けなげに注文を取りにくる庄太に、ほだされたのだ。「ありがとうございます」と繰り返す庄太に、お紋は脅かしたものだ。

「豆腐以外は買ってあげるけど、卯の花まで値上げしたら、そんときゃあただじゃおかないよ！」と。

少し経って、今度はお市が料理を運んだ。

「〝椿餅〟です。八重さんは『源氏物語』がお好きと伺っておりましたので、うちの板前が張り切って作りました」

「まあ……嬉しいです」

椿の葉で包まれた上品な餅菓子に、八重の目が見開かれる。

平安の時代は、餅粉《あれ》を甘葛《あまずら》の汁で練り、団子のように丸めて茹でて、椿の葉で包んで作ったという。

目九蔵は、餅粉に砂糖を混ぜて練り、丸めて茹で、それに漉《こ》し餡《あん》を挟み、夏椿の葉で包んで作った。

八重は、椿餅を手に取り、息を吸い込んだ。

「夏椿の葉の香りが、とても爽やかです」

そして、その葉をそっと剝き、口に含んだ。噛み締める毎《ごと》に、八重の美しい顔に、喜びが満ちていく。呑み込み、八重は、感嘆の声を漏らした。

「なんて優しく、雅《みやび》な味わいなのでしょう」

玄之助も唾を呑み、「では、それがしも」と、椿餅を手にした。葉を剝き、口を大きく開けて、がぶりと頰張る。

「うむ。もちもちして、旨い。餡が入っているので、ますますよい」

「餡子も、甘過ぎず、上品なお味です。これを作ってくださった板前さん、もしや、京の御出身なのではありませんか？」

　お紋は驚いた。

「え！　そうなんですよ。よくお分かりになりましたね」

「とても風流ですもの。椿餅だけではなく、先ほどの鮓烹も、谷中生姜の甘酢漬けも、いずれも品が漂っておりました。京の名だたるお店で修業なされた方かと、お見受けしました」

「まあ、そんなふうに言ってくださると、板前も喜びますよ」

　八重は楚々とした風情で椿餅を味わい、食べ終わると、口元をそっと懐紙で拭った。

「御馳走さまでした。とても美味しゅうございました」

　丁寧に礼をする八重は、奢侈《しゃし》な召し物を纏っている訳ではないが、優美さが漂っている。お紋が八重を見る目は、すっかり優しくなっていた。

　玄之助と八重は〈はないちもんめ〉の料理に満足し、帰っていった。

「あの二人、ぐっと仲良くなれたみたいね」

　お市が言うと、お紋が溜息をついた。

「まあ、よかったよね」

「お母さん、本当は悔しいんじゃない？」

「いやいや。……それよりさ、なんだか八重さん見てて、分かったような気がしたよ。玄之助さんが、あの人に惹《ひ》かれた訳がさ」

お市は笑みを浮かべて、お紋の肩をぽんと叩いた。


その夜、部屋で一人になると、お市は窓をそっと開けて、涼んだ。星が微かに瞬《また》いている。右隣の部屋ではお紋が、左隣の部屋ではお花が、寝息を立てているようだ。

「静かなのも、悪くはないわねえ」

独《ひと》り言《ご》ち、お市は微かな笑みを浮かべる。

こんな夜には、お市は思い出すことがある。それは、三年前の出来事だ。お市は、その時江戸を訪れていた旅役者と、一夜を共にしてしまった。その男は、段《だん》士郎《しろう》といい、お市と同い歳だった。仲間たちと何度か〈はないちもんめ〉を訪れていた。

結ばれたのは、夏の夜だった。その日、お紋は大山詣《おおやまもう》でに行っており、お花は内藤新宿《ないとうしんじゆく》へ遊びにいっていた。お花はその頃お俠盛りで、ほっつき歩いて、家に帰ってこないことも間々《まま》あったのだ。

　お市も、お紋に大山詣でに誘われたのだが、行かなかった。どうしてかというと、段士郎がいる〈かんかん座〉の、江戸での最後の舞台を見たいがためだった。それで、「ちょっと躰の具合が悪いから」と、お市は断わったのだ。

　お紋は別に訝《いぶか》りもせず、「私が帰ってくるまで、店休んで寝てな」と、一人で出掛けていった。

　自由な時間が出来たお市は、〈かんかん座〉の芝居を見るために、両国へ赴《おもむ》いた。

　段士郎は主役で、幡随院長兵衛《ばんずいいんちようべえ》の役を演じていた。侠客《きようかく》である長兵衛と、親分肌の段士郎が重なり合い、女盛りのお市はときめいた。もう何年も失っていたような熱い思いが込み上げ、お市はうっとりと段士郎を見つめ続けた。そして舞台が終わった後、段士郎に出合茶屋《であいぢやや》に誘われ……契《ちぎ》りを結んだのだ。

　あの夜のことを思い出すと、お市は今でも躰が火照《ほて》ってくる。

　段士郎はそれからすぐに江戸を離れてしまい、いわゆる行きずりの関係であったが、お市は未だに忘れることが出来ずにいる。それほど、段士郎との思い出が、お市の心にも躰にも、強く残ってしまったのだ。

「優しかったのよねえ、あの人」

段士郎は、お市の好みの男だった。甘えたくなるような、男らしさを持っていた。少し崩れたような危なげなところも、魅力があった。目をそっと閉じると、息遣いまでが蘇ってくる。

少しはだけたお市の豊かな胸元を、夜風が撫でる。

腕枕をしてくれた段士郎の腕には、入《い》れ墨《ずみ》があった。だがお市は、段士郎が凶状《きょうじょう》持ちであっても、そんなことはどうでもいいように思えた。

お市は、段士郎が江戸を再び訪れることを、未だに密かに待ち続けている。段士郎は、別れ際に、お市に言ったからだ。

「また必ず、江戸に来る。それまで元気でいてくれ」と。

段士郎のことは、もちろん誰にも話していない。お市の胸に仕舞った、切なく甘やかな秘密、である。

四

かるた大会で玄之助を巡って喧嘩を始めたお鈴とお雛も、親と一緒に〈はないちもんめ〉を訪れるようになった。かるた大会で食べた料理のことを、親に話したからだ。

お鈴とお雛の話から、かるた大会の子供の部で優勝したお糸は、どうやら八重の寺子屋に通っているらしかった。

「何？　あんたたちも八重さんのこと知ってるの？」

お紋が訊ねると、二人は頰を膨らませた。

「どうやら、あの人、お師匠様と仲が良いらしいんです、近頃」

「あの人のことは前々から知っていましたが、いけ好かないと思ってました。お師匠様、どうしてあんな人と……」

八重のことを名前で呼ばず、「あの人」などと言うところが、子供ながらも妬《ねた》み心を感じさせて、些か恐ろしい。

「あんたたち、やきもち焼くんじゃないよ！　やきもち焼き過ぎると、お師匠さんにだって嫌われちまうからね」

お紋は有無を言わせぬような目で、二人を睨んだ。この二人のことだ、八重に飛び掛かって引っ掻きかねないとでも思ったのだ。

「はい。……分かりました」

お鈴とお雛は苦々しく返事をした。だが、それほど分かってもいないようだった。

コウの孫の大吾も、時折〈はないちもんめ〉に遊びにくるようになり、お鈴とお雛とも知り合った。通っている寺子屋は違えど、三人とも同い年で、気が合ったようだ。自分たちより躰が小さい大吾をからかいつつも、お鈴とお雛は、そんな大吾が可愛いのだろう。

「じゃあさ、仲良くなったお祝いでもしようか」

お紋が提案し、〈仲良し会〉を開くことになった。大吾に、お腹一杯食べさせてあげたいという気持ちもあった。

寺子屋が終わった後、〈はないちもんめ〉に集まってもらい、会を始めた。ちょうど店の休み刻なので、都合が良い。

三人は座敷に行儀良く座り、満面に笑みを浮かべている。寺子屋の出来事などを話していると、お市が湯呑みを運んできた。

「はい。まずは甘酒をどうぞ」

「わあ、甘酒、大好き!」

「私も!」

「おいら、初めて飲む」

大吾は甘酒の匂いを嗅《か》ぎ、うっとりと目を細める。三人は喉を鳴らして、甘酒を飲んだ。

「美味しい！」と、皆、いっそう笑顔になる。

次にお紋が、大きな皿を二つ持ってきた。

「魚と野菜の南蛮漬けだよ。魚は、キビナゴを使ったんだ。あんたたちみたいにちびっこいのには、ちびっこいキビナゴがぴったりだろ」

お紋は笑った。皿の一つにはキビナゴと三つ葉の南蛮漬けが、もう一つには茄《な》子《す》と南瓜《かぼちゃ》の南蛮漬けが、盛られていた。

片栗粉を塗して焼き上げたキビナゴや野菜を、醬油・砂糖・酢・白出汁を併せた液に漬け込んで作るこの料理を、目九蔵は得意としている。大皿の迫力に、三人は目を輝かせた。

「うわあ！」

お紋は「仲良く分け合いな」と、小皿も出した。三人は大喜びで、南蛮漬けにかぶりつく。

「こんな旨いもん、初めて食べた！」と、大吾は目を丸くする。お鈴もお雛も、

「甘酸っぱくて美味しい」と、箸が止まらない。暑い時季には、南蛮漬けは食欲を誘うのだ。

すると、お花が御櫃《おひつ》を持ってきた。

「御飯も、どうぞ。お腹空いてるんだろ」

「ほしいと思ってました！」

「これには御飯がないと」

三人は南蛮漬けを頬張り、御飯を搔っ込む。その旺盛な食べっぷりで、大皿に盛られていた南蛮漬けはどんどんなくなっていく。

「美味しいものが食べられるって、幸せだね」

「うんうん、本当にね」

大吾は言葉もなく、夢中で食べる。お鈴もお雛も、今日は御馳走の前で、恋敵ということを忘れているようだ。

「そういえば、かるたの文句に、キビナゴもあったよね」

「あったね、そういえば」

お紋が微笑んだ。

「よく覚えてたね。あれは私が考えたんだよ。〝きびなご天小粒で利いてる粋な味〟っての」

「本当に、利いてる！　小さくて丸ごと食べられて、すんごい美味しい」

「天麩羅って、さくさくしてるでしょう。でも、これは、汁に漬けてるから、しっとりしてて、つるんとしてるの。だからかな、いくらでもお腹に入っちゃう感じ」

「おいらは、茄子と南瓜も好きだな！　嚙み締めると、味がじゅわっと、口の中に広がるんだ」

　御櫃の御飯も、みるみるなくなっていく。

　三人は、大皿も御櫃も、ぺろりと平らげてしまった。

「ああ、よく食べた」

　三人とも幸せそうな顔で、膨れたお腹をさすっていると、お市が皿を持ってまたも現われた。

「まだ食べられそう？　〆は、こちら。〝杏子《あんず》大福〟ですよ」

　満腹ながら、三人は皿を覗き、舌舐めずりする。

「これは、食べられちゃう！」

「いただきます」

真っ白な大福を摑み、皆、頰張る。そして、目を丸くした。

「中に、杏子と漉し餡が入ってる！」

「これも甘酸っぱくて、堪らない……」

「杏子と漉し餡って、こんなに合うんだ。おいら、初めて知った」

貪《むさぼ》る三人に、お市は「喉に痞《つか》えないようにしてね」と注意した。

「杏子も、かるたに出てきたよね」

「ああ、それも覚えてる」

「おいらも、かるた大会、出ればよかった」

大吾がぶつぶつ言う。お市は笑った。

「かるた大会、またやりましょうよ。あの、杏子のやつは、私が考えたの。〝杏子干し甘酸っぱさが夏を告げ〟。その大福に入っているのも、杏子干しよ」

大福の生地《きじ》は、寒晒粉《かんざらしこ》（白玉粉）と砂糖と水を混ぜ合わせ、それを火に掛け、更によく混ぜ合わせ、練って作るのが目九蔵流だ。その生地で、杏子干しと漉し餡を包む。

三人は〝杏子大福〟もぺろりと平らげ、大きな声で礼を述べた。

「御馳走さまでした！　どれも頰っぺたが落っこちそうでした」

「お粗末さまでした。今日は喧嘩しなくて、よかったわ」

「美味しいものの前では、喧嘩も吹き飛びます」

お鈴とお雛はそう言って笑い、大吾もつられて笑った。しかし大吾はかるた大会に来ていなかったので、何のことかいま一つ分かっていないようだった。

# 第四話　ふっくら稲荷寿司《いなりずし》

## 一

水無月も半ばになり、暑さが増してきた。突き抜けるような青天の下、お花は額に滲む汗を拭いつつ、引き札を配る。堪らなくなると団扇《うちわ》で扇ぐが、あまり効き目はなかった。

「暑《あ》っちいなあ。また陽に焼けちまう」

どこからか聞こえてくる蟬《せみ》の声が、いっそう暑さを引き立たせる。こんな時は、道行く人も少ない。カンカン照りの中、禿《は》げの男が頭から湯気を立てているのを見るだけでも、お花は暑苦しくて堪らなくなった。

くらっとしたので、通り掛かった冷水《ひやみず》売りを呼び止め、買った。江戸のあちこちの名水に、白玉を加えて売っているのだ。それを手に、お花は木陰《こかげ》で一休みすることにした。

「ああ、生き返る」

喉を潤し、お花は息をつく。残りは十五枚程なので、飲み終えたら、ぱぱっと配ってしまおうと、またやる気が湧いてくる。水の力は凄い、などとお花が感じ入ってると、不意に「よお」と声を掛けられた。

お花が振り向くと、見覚えのある顔があった。

「久し振りだな」

若い男が唇の端を歪《ゆが》め、にやりと笑う。お花は男を見つめ、言葉を失った。

その男は、お花が以前付き合っていた、年雄《としお》であった。年雄は、すっかり悪《わる》っぽくなっていた。黙っているお花に、年雄は馴《な》れ馴れしく話し掛けた。

「店を手伝ってんのか。こんな暑い中、よくやるな」

「……放っておいてよ。あんたこそ、今、何やってるの？」

「まあ、色々とな」

年雄は再びにやりと笑い、こうも言った。

「江戸と武州《ぶしゅう》を行ったり来たりもしてるぜ」

耳に息を吹き掛けられ、お花はきっと年雄を睨んだ。手にしていた冷水を、落としそうになってしまう。

「この頃、いつもここら辺に立って、引き札配ってるだろ？　見てたんだ」

お花は息を呑んだ。懸命に配っていたので、年雄に見られていたなど、気づきもしなかった。

お花は年雄と、十五歳から十六歳の間、付き合っていた。お花はその頃お俠《きゃん》の盛りで、母親や祖母の言うことなどまったく聞かず、矢場などにも出入りして、遣りたい放題だった。二つ年上の年雄は、遊び慣れた粋な男で、お花は夢中になった。

めくるめくような楽しい日々だったが、次第に影が差していった。年雄はどうも仕事が長続きしない。行商を始めては辞めるといった具合で、賭場《とば》などにも出入りしていた。おまけに女癖が悪く、浮気されたことが引き金となり、お花は別れることにした。どうしても、年雄を許せなかったからだ。

初めはときめいていたものの、いい加減な年雄と付き合っているうちに、お花は自分までやさぐれてきていることに気づいた。

——このままでは、あたいも駄目になってしまう——お花はそう思ったのだ。

お花は深く傷ついたが、この年雄との一件によって、お俠が以前よりは治まった。お花なりに心を入れ替え、店をしっかり手伝うことを決意したのだ。

毎日忙《せわ》しなく働き、年雄のことは忘れ掛けていたのだが、こうして再会してしまい、お花は動揺していた。

年雄はお花の肩を抱き、囁いた。

「お前んとこ、行ってもいいかな」

「馴れ馴れしくしないでよ」

お花は、手を振り払った。もう、年雄と縒《よ》りを戻す気など、ないのだ。年雄は、へらへら笑いながら、今度はお花の耳朶《じだ》を弄《いじ》った。

「いいじゃねえか。昔のよしみで。また仲良くしようぜ」

お花は年雄の手を払い除け、再び睨みつけた。

「うちの店、与力や同心の旦那たちも来てるよ！」

声を響かせると、年雄は「ちっ」と舌打ちして去っていった。

お花は暫く、木陰に立ち竦《すく》んでいた。気分を害してしまったのだ。何か、得体の知れぬ、不穏《ふおん》な思いが込み上げる。

――どうして今頃、近づいてきたんだろう――

お花が暗い顔で溜息をついていると、寺子屋帰りのお鈴とお雛が、声を掛けてきた。

「お花ねえちゃん、こんにちは」

「今日も引き札配ってるの？」

二人の可愛い笑顔が、お花を癒《いや》してくれる。

「そうだよ。あと一息、頑張らなくちゃね」

「私たちも手伝おうか？」

「三人で配れば、もっと早く終わるよ」

二人の申し出に、お花は目を瞬かせた。

「あんたたち、案外、いい子なんだね」

「案外って、何よ」

「いや……。初《しょ》っ端《ぱな》から、あんな激しい喧嘩してるとこ見ちまったからさ」

お鈴とお雛は顔を見合わせ、笑った。

「私たち、いつもは仲が良いの。でも、惚れた男が絡むと、ああなっちゃう」

「いつの世も、揉《も》め事《ごと》って、好いた人を巡って起こるでしょ？」

「……なんか、あんたたち、とても九つとは思えぬ口ぶりだね」

お花は複雑な思いになる。お鈴とお雛は「任せて」と、お花から引き札を奪い取り、配り始めた。三人なら、あと一人五枚配ればよいので、確かに楽だ。

「よろしくお願いしまーす！」

三人で元気良く声を張り上げていると、娘っ子たちの愛らしさにつられるのか、炎天下、人が集まり始めた。引き札は忽ちなくなり、お花は二人に「ありがとう」と礼を述べた。

「またお手伝いするわ」

「私も。楽しいもの」

お鈴とお雛は、穏やかに微笑んでいれば、やはり子猫と小鳥に似ている。

「あんたたち、頼もしいじゃない」

お花は二人の頭を撫でた。

帰ろうとしたところで、〈塚田屋〉の手代の庄太を見掛けた。庄太も忙しそうに、道を行き過ぎる。

すると、お鈴とお雛が、こんなことを口にした。

「あれ？　今の人、お種《たね》ちゃんのお兄さんじゃない？」

「庄太さんのこと、知ってるの？」

「庄太さんっていうの？　じゃあ、間違いない、お種ちゃんのお兄さんよ」

二人は顔を見合わせ、頷き合う。

「お種ちゃんも、同じ寺子屋なの？」

「うん。でも、お種ちゃん、この頃、あまり寺子屋に来ないの」

「躰が弱くて、伏せっているみたい」

「それは心配だね」

「うん。お父さんもお母さんも亡くなっているから、お兄さんが一人でお種ちゃんの面倒を見ているそうよ」

「そうなんだ……」

お花は、初めて庄太の事情を知った。いつも明るい庄太がそのような苦労をしていたかと思うと、お花は切なくなる。

ところで、お鈴とお雛は、まだ玄之助を諦めていなかった。

「お師匠様のお嫁になるのは私！」と、二人とも譲《ゆず》らない。それゆえ二人とも、相変わらず八重のことは目の敵にしていて、お花は呆れた。


次の日、店が休みだったので、お花は「遊んでくる」と言って出掛けた。猪牙《ちょき》舟《ぶね》で大川《おおかわ》を遡《さかのぼ》り、両国へと向かう。暑さで、川の水も生温《なまぬる》くなっている。魚も、飛び跳ねる元気がないようだ。しかしお花は、心を躍《おど》らせていた。昨日の嫌なことさえ、忘れてしまうほどに。

両国に着くと、お花は小屋が立ち並ぶほうへと歩いていき、その中の一つに入った。〈玉《たま》ノ井《い》座〉と、看板が出ている。

「おはようございます」

お花は木戸銭を払う訳でもなく、挨拶して、中へどんどん進んでいく。そして楽屋へ入り、支度を始めた。

半刻後、見世物が始まった。大入りのお客で熱気が渦巻《うずま》き、人いきれがしている。進行役が大声を出した。

「お待たせしました！　人気沸騰《ふっとう》の女軽業師《かるわざ》〈お光太夫《こうだゆう》〉の登場です！　その華奢《きゃしゃ》な肢体、見事な演技に、釘付《くぎづ》けになること請《う》け合いだよ」

すると、小屋の中に割れんばかりの歓声が沸《わ》き起こった。

「いよっ、お光ちゃん！」

「待ってました！　お光太夫！」

野太い声が響き渡り、幕がするすると上がると、お光太夫の登場だ。「おおおっ」という感嘆の声が上がる。

お光太夫が纏っているのは、丈の短い緋《ひ》色の着物で、腕も腿《もも》も、露《あらわ》になっている。同じ色の褌《ふんどし》を締めているのだが、それがまた悩ましい。観ている中には、ごくりと唾を呑む者もいた。

舞台の中央には、丈《たけ》が八尺ほどの太く大きな棒が立てられており、お光太夫はすらりとした躰をくねらせ、その棒に脚を絡ませる。脚にも腕にも、大きく空いた背中にも、顔にも、白粉《おしろい》がたっぷり塗られている。

観る者たちに妖《あや》しく笑みながら、お光太夫は手に唾を吐き掛け、棒をするすると上っていく。その鮮やかさに、皆、息を呑む。お光太夫は棒の半ばまで上ると、脚をそれに絡ませながら一回転し、もう一度回転し、ぐるぐると回り始めた。

「すげえ！」

「お光太夫！　日本一！」

観る者たちは、沸きに沸く。大歓声を浴びながら、お光太夫は更に上り、七尺ほどのところで今度は棒を両手で摑み、躰を地面と平行にしてみせる。「うわあっ」と、観る者たちは大興奮だ。

お光太夫は次に、躰を揺さぶって弾みをつけ、そのままの姿勢で、大回転を始めた。観る者たちから、歓声とも悲鳴ともつかないような声が、巻き起こる。

「観てるだけで目が廻りそうだ！」

「あんなこと、どうして出来るんだろ！　躰が振り子みてえだ」

お光太夫は微かな笑みを浮かべ、大回転を続け、割れんばかりの喝采《かっさい》を受けた。

そして急に動きを止めると、再び脚や腕を棒に絡めながら、三味線の音色《ねいろ》に合わせて踊るように身をくねらせ、観る者たちを惹きつける。脚を開く度に、緋色の褌がちらちらと覗き、それがまた堪らない。

「まるで、棒に絡みつく白蛇《しろへび》のようだな」

皆、お光太夫の大胆な芸に、圧倒されていた。

何を隠そう、このお光太夫、お花である。店が休みの時などに、両国の小屋で〈女軽業師・お光〉に化けて、人気を博しているのだ。

お花は実のところ、いつもは美人の母親に少々引け目を感じている。しかし、濃い化粧を施《ほどこ》し、色黒の全身に白粉を塗って〈お光〉へと生まれ変わると、自分でも驚くほどに大胆な芸が出来て、光り輝けるのだ。

お花は子供の頃から非常に身軽で、難しい曲芸も楽々こなしてしまえる。〈お光太夫〉は、両国界隈で話題になっていた。

お花にとって、お光に化けることは誰にも内緒で、自分だけの密かな愉しみ、危なげな秘密なのだ。

お花は大喝采を浴びて、自分の出番を終えた。白粉も化粧も落とさず、そのまま着替える。

「大好評だったぜ、ありがとよ。次もよろしく！」

小屋の主から受け取った金子を握り締めて、お花は薬研堀《やげんぼり》のほうへと向かった。この近くの米沢町《よねざわちょう》三丁目には、邑山幽斎《むらやまゆうさい》という大人気の占い師がいる。その男に会いに行くのだ。この幽斎、三十歳の割に若く見え、男のくせになよやかな色気を漂わせており、女の信者が多いというのも頷ける。

幽斎に占ってもらうには金子がいる。曲芸の仕事に密かに励んでいるのは、自己満足というだけでなく、憧れの幽斎に占ってもらう金子を稼ぐためでもあった。親からもらう給金では足りないからだ。

息せき切って駆けつけると、幽斎の住処兼占い処には、占ってもらいたい女たちが並んでいた。

「十七番目かあ……まあ、なんてことないや」

呟き、お花は、ふふと笑う。幽斎に会えて、話すことが出来るなら、並んで待つことなど、苦でも何でもないのだ。

お花が化粧や白粉を落とさなかったのも、少しでも艶やかな姿を、幽斎に見てもらいたいからだった。そして家に戻る前に、湯屋へ寄って洗い流せば、お市やお紋にも怪しまれずに済む。お花は、いつもそうやって、秘め事の証を消していた。

お花が、昔付き合っていた年雄に心がまったく動かされなかったのも、幽斎という憧れの男がいるからだった。

二

水無月の十三日から立秋《りっしゅう》までの十八日間が「土用《どよう》」だ。ちょうどその時季、〈はないちもんめ〉も鰻を出していた。

その好物の鰻を求め、今宵も、お蘭が現われた。深川女郎だったところを、日本橋の呉服屋の大旦那に身請《みう》けされ、今では女中付きの妾宅《しょうたく》で呑気に暮らしている。ちなみに、大旦那の名は、笹野屋宗左衛門《ささのやそうざえもん》。鶴と亀が描かれた扇子を手に、悠揚《ゆうよう》迫らぬ、貫禄《かんろく》ある御仁《ごじん》である。

悩ましくもあり、白兎《しろうさぎ》のような愛らしさをも併せ持つお蘭は、二十八歳。〈はないちもんめ〉を贔屓にしてくれる、常連の一人だ。

大旦那のおかげで、お蘭はいつも良い着物を纏っている。今宵も、松葉牡丹《まつばぼたん》が描かれた加賀友禅《かがゆうぜん》に緞子《どんす》の帯という、庶民には似つかわしくない姿で店を訪れた。

「ああ、鰻って本当に食欲が増すわあ！　精がつくのよねえ。何だか元気になってくるのよ」

脂の乗った鰻の蒲焼きを、お蘭は嬉々として頬張る。鮮やかな紅を差した唇が、鰻の脂に濡れて、艶々といっそう悩ましい。

「お蘭さん、鰻、好きよねえ。通ってくれて、有難いわ」

お市はお蘭に酌をする。お蘭は鰻と酒を心ゆくまで楽しみ、御飯は食べないのだ。

「そうなの。わちき、好きなのよ、鰻が！　嚙み締める毎に、じゅわじゅわと脂が滲み出てくるとこなんか、北斎《ほくさい》の春画《しゅんが》並のいやらしさで、大好きよ」

〝わちき〟とは、芸娼妓《げいしょうぎ》が用いる言葉であり、自分のことを差す。お蘭は、深川時代の癖がまだ抜けないようだ。

鰻に対する喩え方が面白く、お市は笑みを浮かべた。

「お蘭さんって、独特よね、考え方が。お蘭さんのそういうところ、北斎の漫画並で、私、大好きよ」

「あら、ありがと。ほら、お市さんも一杯」

「まあ、ありがとうございます」

お蘭に酒を注ぎ返され、お市はぐっと呑み干す。灘《なだ》の下り酒の、するするとした喉越しに、お市は「ああ、幸せ」と、心からの言葉を漏らす。酒が廻ってくると、お蘭はこんなことを言い出した。

「ねえ、玄之助さん、今宵は来ないかしら」

玄之助はあれ以来、時折店を訪れるようになった。一人の時も、八重と一緒の時もあるのだが、一人で来た時に丁度お蘭とかち合い、それでお蘭が玄之助に興味を持ったという訳だ。女盛りのお蘭は、玄之助に色目を遣い始めていた。

「どうでしょうねえ。まあ、お蘭さんがいくら迫っても、玄之助さんには思い人がいらっしゃるようだし」

お市がやんわりと言うも、お蘭は「ふん」と鼻で笑った。

「あの、隣町の女師匠って人でしょ？　同業の堅物同士なんて、ちっとも面白くないじゃない！　玄之助さんのような堅物が、わちきみたいな女に骨抜きにされてこそ、面白いってもんでしょ！　ねえ、そう思わない？」

お蘭はそんなことを言いながら、手酌でぐいぐいやる。お市は苦笑した。

「お蘭さんって、何事も面白いか面白くないかで決めてますよね」

「当ったり前じゃない！　ほかに何で決めろっていうの？　面白ければ、それでいいのよ、この世なんてさ」

お蘭は強《したた》かに酔っ払い、身をくねらせる。大きく抜いた襟足《えりあし》から、真っ白な背中が覗いた。

「あら、旦那、いらっしゃい！」

お紋の声がして、お市が入口に目をやると、吉田屋文左衛門と光則の姿があった。お紋に手招きされ、お市は「ちょっと失礼します。ごゆっくり」と、お蘭の元を離れた。

お市は文左衛門たちのところへ行き、今度はお紋が酒を持ってお蘭のところへやってくる。お蘭は文左衛門たちのほうをじっと見ながら目を擦《こす》り、また見つめた。

「どうしました？」

お紋が問うと、お蘭は下り酒をぐっと呑み、一息ついて言った。

「わちき、あの絵師の光則さんって人、前にもどこかで見たことがあるような気がするの。どこでだっけ」

「近くにお住まいのようですから、道で擦れ違ってたんじゃありませんか？」

「そうかなあ。それでかしら。ふうん……近くに住んでるの。光則さんも、なかなかいい男よねえ」

お蘭は好色そうに、くすくす笑う。お紋は溜息をついた。

「大きなお世話でしょうが、お蘭さん、旦那さん持ちなんだから、愛想《あいそ》尽かされないようにしてくださいよ」

お蘭は頰を膨らませ「大きなお世話よ」と、鰻を口に放り込んだ。

なんだかんだ言いつつ、お蘭は料理と酒を堪能すると「旦那様が来るかもしれないから」と、蒲焼きをもう一人前買って、帰っていった。

光則は脚を斬りつけられてから、やはり妙に怯えているような時があり、お市はそれが気掛かりだった。

「光則さん、この頃、家にもあまり帰ってないと言うんですよ」

文左衛門も心配そうだ。光則は頭を掻いた。

「安宿を渡り歩いているのです。私は元々旅好きの風来坊《ふうらいぼう》なので、一箇所に留まらないほうが、いい絵が描けるのですよ。……しかし、そう言っても、吉田屋さんにはなかなか分かってもらえなくて」

お市は二人に微笑んだ。

「なるほどねえ。確かに、絵を描く人や、戯作《げさく》を書く人などは、そのような性分の人が多いのでしょうね。物の考え方や感じ方が、ちょっと違っているというか。そうでなければ、作り出せませんよねえ」

お市は口ではそう言いつつも、心の中では勘繰《かんぐ》っていた。

――もしや、光則さんは、自分を襲った者に覚えがあり、その人から逃げているのでは――と。


お花は年雄を避けるため、引き札を配る場所を少し変えることにした。いつも北紺屋町の辺りで配っていたのだが、永島町《ながしまちょう》と日比谷町《ひびやちょう》に挟まれた大きな通りまで出ていき、そこで始めた。

「北紺屋町の料理屋〈はないちもんめ〉です。よろしくお願いします！」

炎天下でも、お花は元気に声を出す。順調に配っていたが……年雄が再び近づいてきた。楊枝を嚙みながら、浅黒い顔に、にやけた笑みを浮かべている。お花は身を竦ませた。

「場所変えたって、見つけるぜ」

年雄に見据《みす》えられ、お花は思わず後ずさりした。

「いったい、何の用なんだい？」

「つれねえなあ。俺とお前の仲じゃねえかよ。……なんだよ、その顔は。俺、別にお前を取って食おうって訳じゃねえよ。もっと優しくしてくれよ」

年雄はにやにや笑いながら、お花の肩に手を回す。

「やめてったら」

お花が身を捩《よじ》ると、年雄は楊枝を吹き捨て「あーあ」と天を仰《あお》いだ。

「俺って、可哀相な男だよなあ」

年雄は変わらず笑みを浮かべていたが、どこか悲し気な色が見え、お花の胸は少しだけ痛んだ。

お花が黙っていると、年雄はこんなことも口にした。

「俺はただ、お前が作ってくれる料理を食いたいだけなんだけどなあ」

お花は苦い笑みを浮かべた。そんなことを言いながら、年雄は決して〈はないちもんめ〉には食べにこようとしないからだ。

——来られても困るけれど、絶対に来ないというのも舐めてるよね——

やはり年雄には気を許してはならないと、お花は改めて思う。

「あたい、料理はあまり得意じゃないからさ。うちの店も、板前が作ってるし。婆ちゃんやおっ母さんは時々作るけどね」

年雄はお花から引き札を引っ手繰《ひたく》り、顎をさすりながら眺めた。

「どれどれ……この時季は鰻だよな、やはり。あ、鮪の料理なんかもあるのか。へえ、色々やってるねえ。ところで武州では、稲荷寿司ってのが流行《はや》ってて旨いんだけど、お前の店では出してないの？」

「稲荷寿司？　何だい、それ？」

「やっぱり知らねえか。江戸にはまだ流れてないんだな。こちらでは見掛けねえもんな、稲荷寿司」

「どんな食べ物なんだい？」

「油揚げの中に、酢飯を詰めたもんだよ。油揚げを甘辛く煮てるから、その汁が酢飯に染みて、すっげえ旨いんだ。思い出しただけで、涎《よだれ》が出てくるわ」

「ふうん……確かに美味しそうだね。酢飯ってのは、握り鮨みたいな銀しゃりかい？」

「さらの銀しゃりもあるし、それに干瓢《かんぴょう》や椎茸《しいたけ》なんかを混ぜたやつもあるぜ。どちらも旨いんだ。いくつも食える」

年雄は唇を舐め、ふと大川のほうへと目をやった。何かを、誰かを見たのだろうか、急に真顔になる。

年雄は懐から包みを取り出し、お花に押し付けた。

「これ、やるよ」

「え、いいよ」

お花が押し返そうとすると、年雄は「いいって」とそれを無理矢理お花の懐へと突っ込み、目配せした。

「嫌なら売れば結構な金子になるぜ」

お花が啞然《あぜん》としていると、年雄は「じゃあ、またな」と、大通りを抜け、川沿いの道を駆けていった。

お花がそっと包みを開くと、花魁《おいらん》が挿《さ》すような艶《あで》やかな珊瑚《さんご》の簪《かんざし》が現われた。

引き札を配り終え、店に戻ると、お花は皆に稲荷寿司のことを話した。

「武州で流行ってて、美味しいんだってさ」

「本当に美味しそうだね、作り方聞くと」

「江戸でも流行りそうなのにね。まだ流れてきてないわよね」

お紋もお市も、稲荷寿司に興味を持ったようだ。

「だったら、うちの店で先手打って出してみない？　その、稲荷寿司」

お花が提案すると、お紋とお市も頷いた。

「やってみよう！　食材の費用があまり掛からないから、当たったら儲けは大きいだろうよ」

「酢飯に入れるものを、色々工夫してみるのもいいわよね。目九蔵さん、任せたわよ」

「へえ。細かく切った紅生姜や白胡麻《しろごま》なんかを混ぜてみても、よろしい思います」

「それもよさそうだねえ。早く食べてみたいよ」

お紋が唾を呑む。お市が目九蔵に微笑んだ。

「目九蔵さんは本当に頼りになるわ。そういえば、うちで紅生姜を出すようになったのだって、目九蔵さんのおかげだもの」

「そうだよね。紅生姜って上方《かみがた》の食べ物で、江戸では珍しいんだよ。私も知らなかったけれど、目九蔵さんが『京にはこんな旨いものがありますさかい』って教えてくれてさ」

「『紫蘇《しそ》を漬けて、残った梅酢に生姜を漬けるんですわ』って。真っ赤な生姜、初めて見た時は何だか変な感じだったけれど、食べてみたら美味しくて、びっくりしたっけ」

お花が笑うと、目九蔵は「へえ、おおきに」と照れた。お市も微笑む。

「お客さんたちも喜んでくれて、今では紅生姜は、うちの定番だものね。紅生姜の天麩羅も人気あるし」

「私も大好きだよ、紅生姜の天麩羅。初めて見た時は、赤過ぎてちょっと怖かったんだけど、いいよねえ。あれで酒呑むと、酒が進んで止まらなくなっちまって、まずいんだよ」

「婆ちゃんは、あの天麩羅で御飯ももりもり食うじゃん」

「そうなんだよ。自慢じゃないけど、紅生姜の天麩羅が二枚あれば、私、御飯山盛りいけるんだよ」

お紋たちが笑い合う中、目九蔵は一礼し、腰を上げて板場へと戻る。早速、稲荷寿司を作るために。

目九蔵が作った稲荷寿司は非常に美味しく、店で出すことに決まった。稲荷寿司は、三種類。細かく刻んだ紅生姜と白胡麻を、酢飯に混ぜたもの。干瓢と椎茸の煮物を刻んで、酢飯に混ぜたもの。酢飯だけのもの。

油揚げは、醬油と味醂と砂糖少々と昆布出汁で煮詰め、味を染み込ませた。干瓢と椎茸も、同じ味付けで煮込む。酢飯は、御飯に酢と砂糖と塩を混ぜて作る。

これを昼餉に出すと、反響があった。

初めは皆「油揚げに飯が詰まってるものがそんなに旨いのか」と訝ったが、実際に食べてみると、その美味しさに、誰しも目を見張った。

「う、旨めえ!」「味が染みてて、頰っぺた落ちそう!」「これはいいね、元気が出る!」

皆、箸を使わず、手に汁が付くのも構わずに、手摑みで頰張る。そうやって食べるほうが、乙《おつ》だからだ。

木暮も気に入ったようで、あっという間に三種類を食べ、もう一皿注文した。

「旦那、いつもありがとうございます」

お市がお代わりを運ぶと、木暮は嬉しそうな顔で受け取った。

「いや、この稲荷寿司ってのは、お市さんたちを表わしてるようだなと思ってね」

「え？　私たちを？」

「うむ。この干瓢と椎茸のは、お紋さん。酢飯だけのまっさらなのは、お花ちゃん。紅生姜と白胡麻は、お市さん。そんな感じがしたのだがね」

「まあ、私が紅生姜だなんて……。お世辞でも嬉しいけれど、それって色が濃く付いている、つまりは化粧が濃いってことかしら？」

お市は笑顔で木暮を睨む。

「そんなことは言ってはおらん！　……どれもそれぞれ味があるが、この紅生姜と白胡麻ってのが、一際旨いと思ったまでよ。油揚げが甘辛いから、紅生姜がぴりっと利いてるんだな。小股が切れ上がった女のようなもんだ」

木暮は紅生姜入りの稲荷寿司を頰張り、嚙み締め、目を細めた。

「お褒めのお言葉、素直に頂戴します」

「うむ。そのほうが可愛げがある。日々、上からがみがみ言われる俺も、癒される」

「ああ……。あの追い剝ぎの件？　まだ解決してないわよね」

「うむ。うるさく言われるのは、それだけではないがな。追い剥ぎがなかなか捕まえられず、皆、苛立《いらだ》っているというのはある」

「でも、追い剥ぎ、このところ静まってない？」

「このところ、はな。だが、これまで七件も犯しているのだから、罪は重い。捕らえなくては、奉行所の名が廃《すた》る」

「同一犯なのかしら」

「同じような手口だからな。……あの、絵師の光則という男にも、襲われた時の様子を訊いてみたが、やはり手口は似ているな。頭巾《ずきん》を被った黒ずくめの男に、匕首でいきなり脚を斬られている。持ち合わせがなかったようで金子や金目のものは奪われていないが、あれも追い剥ぎの仕業だとすれば、八件、罪を犯していることになる」

木暮はお茶を啜り、顔を顰めた。

「光則さんを襲った男って、どんな人だったのかしら。背格好とか。背が高いとか、肥《ふと》ってるとか。何か特徴はなかったのかな」

「うむ。それは俺ももちろん訊いたが、躰つきは中肉中背《ちゅうにくちゅうぜい》で、特に目立った特徴はなかったらしい。……突然斬られたから、そこまで見ている余裕などなかったようだ。夜だったしな」

「やはり、そうよねえ」

お市も溜息をつく。

二人の話を、耳を欹《そばだ》てて聞いている者がいた。お花である。

稲荷寿司が好評で、お花は年雄に少し感謝していたが、不審な思いも込み上げていたのだ。

年雄は堅気《かたぎ》には見えず、悪い臭いを漂わせ、何をしているのかがよく分からない。それでいて、やけに羽振りが良さそうなのだ。あの簪だって、高価なものに違いない。昔はあのようなものを贈られたことなどなかった。

――まさか、追い剝ぎって、あいつのことでは？――

年雄は太っても痩せてもおらず、まさに中肉で中背であり、木暮が話していたことと一致するのだ。

お花は危ぶみ始めていた。

三

水無月も終わりに近づき、追い剝ぎが再び事件を起こした。明け方、岡場所から帰る若旦那を狙って、襲ったのだ。若旦那は脚を深く斬られ、血が大量に出たため、危うく命を落とすところであった。追い剝ぎは、若旦那が持っていた金三分《ぶ》を奪い、逃げた。

木暮は店で呑みながら、お市にこんなことを話した。

「追い剝ぎの奴、逃げる時に、草むらに赤い手拭いを落っことしていったんだ。おかしいと思わねえか？　緑の草ん中に、そんな目立つものを落としたら、やばいと思ってすぐに拾うだろ？　拾うのも忘れるほど焦ってたのか？　いや、いくら焦っていたとしても、証拠になるもんをそんなに簡単に残していくもんなのか」

「それは、本当に追い剝ぎが落としていったの？」

「ああ。若旦那の血が、ついていたんだ。手についた血などを拭うために、持っていたのだろう」

「血がついても分からないように、赤い手拭いを持っていたのかしら」

「いや、血がつけば分かるさ。ぱっと見に分からなくても、調べればすぐに分かる。ゆえに証拠になる」

木暮は酒を啜り、眉を顰めた。お市は首を傾げる。

「赤い手拭いに、何か意味でもあるのかしらね。おかしな話だわ。……まさか、追い剝ぎ、女ってことはないわよね？」

「なに、女？」

「ええ。女なら、赤い手拭いを持っていてもおかしくないって思ったんだけど。考え過ぎかしら」

「女か……。それは考えなかったな。いや、でも、女があれだけのことを出来るのか？　男が何人も襲われているのだ」

木暮は腕を組み、考えを巡らせる。

「ごめんなさい、混乱させるようなことを言って。やっぱり追い剝ぎは男と考えるのが、妥当《だとう》よね」

「いや。決めつけるのはよくない。女の線でも探ってみることにしよう。女でも、男並の体軀《たいく》と力を持ってる奴はいるからな。お市さん、ありがとうな」

「そんな……私の推測なんて、当てにならないだろうけれど」

お市は木暮に酌をした。

お花は再び二人の話を盗み聞きしながら、背筋をぞわっとさせていた。

年雄が男のくせに赤色を好むことを、知っていたからだ。一時、赤い帯に凝っていたし、赤い手拭いも確かに持っていた。

文月《ふみづき》（七月）に入り、文左衛門と光則が店を訪れた。光則はやはり憔悴《しょうすい》した表情で、どことなく目も虚ろだ。

――もしや光則さん、襲われた時の恐怖で、心を少し病んでしまったのかも

――

お市は心配になる。光則は、変わらず安宿を転々として暮らしているらしい。

光則は酒を浴びるように呑み、早々に酔っ払った。料理を運ぼうとするお市に、お紋は声を潜めた。

「光則さんが酔うなんて、珍しいね。……なんだか怯えを消すために、呑んでるようにも見えるよ。あの人、大丈夫かね」

「ええ。私もそんな感じがするわ。襲われた時、相当、怖かったのかもしれな

い」

　母と娘は頷き合う。

　お市は努めて明るい顔で、料理を持っていった。

「お待たせしました。〝浅蜊《あさり》の酒蒸し〟です。吉田屋様、大好物でいらっしゃいますよね」

　湯気の立つ皿を見て、文左衛門は舌舐めずりをした。

「いやあ、私、大好きです。これで酒をくいっとやれば、もう、極楽です」

　隣で、光則が甲高《かんだか》い声を上げる。

「おう、極楽！　まことに極楽よ、この世は！　いやあ、吉田屋さん！　貴方が極楽なのは、このお市さんと会えるからでしょう？　ここに来れば！」

　そんなことを言って、光則は一人でげらげら笑う。文左衛門も、困ったような顔で、お市をちらと見た。光則は空になった徳利《とっくり》の口を舐め回しながら、文句を言った。

「お市さん、酒をもっとくださいよ！　この料理には酒がなければ、駄目でしょう！　ほら、早く！　早く持ってこい！」

　文左衛門が、光則から徳利を取り上げた。

「光則さん、しっかりしてくださいよ。どうしたんです？　お市さん、申し訳ありません。わしに免じて、どうかお許しください」

頭を下げる文左衛門に、お市は微笑んだ。

「大丈夫ですよ。酔った人には、慣れてますので。私は平気ですが、光則さんは少し酔い過ぎのようには思いますけど。お躰が心配です」

「俺は平気だ！　俺は平気だってんだ」

光則は頭を大きく振りながら、金切り声を上げる。どうやら光則は、酔うと赤くなるのではなく、青白くなるようだ。

「お市さん、お酒はもう」

文左衛門が待ったをかけるも、光則は「酒をくれ」の一点張りなので、お市は困ってしまう。

するとお蘭が店に入ってきて、「騒がしいわね」などと陽気に笑いながら、少し離れたところに座った。

今宵のお蘭は一段と艶《なまめ》かしい。

紗《しや》の着物を纏《まと》っていたが、それはかなり薄手で、半襦袢《はんじゆばん》が透けて見えた。

緋《ひ》色の半襦袢には白い牡丹《ぼたん》が描かれており、その柄が黒い紗の着物に浮かび上がっている。着物にも所々に青い蝶《ちょう》が描かれていて、二枚の召し物が重なり合って、独特な彩《あや》と模様を成しているのだ。

半襦袢を透けさせた着こなしは美しくも悩ましくて、人の目を惹《ひ》き付けた。

お蘭の注文はお花が取り、お市のところにはお紋が酒を運んできた。

「はい。でも、今日はこれまでですよ。光則さん、貴方、酔い過ぎです」

光則は酒を摑み、手酌で呷る。

「本当に、これで最後ですからね」

お紋は念を押した。お市は微笑みを作り、文左衛門を促した。

「酒蒸し、冷めてしまうと美味しくありませんから。どうぞ」

「あ、そうですね。折角こしらえてくださったのですから。いただきます」

文左衛門は、酒が染み込んだ浅蜊を頬張り、相好を崩した。

「ああ、なんと旨いのでしょう。……この浅蜊、柔らかくも歯応えがちゃんとある。味付けが酒のみだから、浅蜊本来の味が生きているのです」

「ありがとうございます。よかったです」

お市の顔に、真の笑みが浮かぶ。

〝浅蜊の酒蒸し〟は、浅蜊と斜め薄切りにした葱を酒で蒸し煮し、適度な大きさに切った三つ葉を加えて、作る。

笑顔で頬張る文左衛門につられたように、光則も食べ始めた。

「旨い！」と叫び声を上げ、光則は呂律《ろれつ》が怪しくなりながら続けた。

「飯にぶっかけて食べるのもいいけど、俺は、この酒蒸しが一番好きだ！　酒が進んで、好きだ！　俺はな、浅蜊にはうるせえんだ！」

光則は浅蜊を頬張っては、酒をぐいぐい呑む。最後の一本も、すぐに空けてしまいそうだ。

お市とお紋は、顔を見合わせた。

そんな光則を、お蘭は少し離れた席で、じっと眺めていた。

「ああ、あの人……そうか」

お蘭は呟きつつ、〝葡萄寒天《ぶどうかんてん》〟を味わった。粉寒天を酒で煮て固めたものの中に、葡萄がぎっしり詰まっている。酒が香る、ほんのり甘い味わいだ。

お蘭は目九蔵を呼び、或《あ》ることを告げた。目九蔵は「かしこまりました」と板場へ戻り、それからほどなく〝葡萄寒天〟を光則たちにも運んだ。

「あちらのお蘭さんからです」と言って。

強かに酔った光則が、目を凝らしてお蘭を見やる。お蘭は立ち上がり、後《おく》れ毛《げ》を直しつつ光則たちへ近づいた。

予《かね》てからの常連である文左衛門はお蘭のことを知っており、光則より先に礼を述べた。

「これはこれは、お気遣いありがとうございます。遠慮なくいただきますよ。目九蔵さん、お蘭さんに冷酒を差し上げて」

「かしこまりました」

目九蔵は頭を下げ、板場へ戻る。

文左衛門は酒が利いた寒天を頬張りつつ、お蘭をしげしげと眺めた。

「そのお召し物、涼し気でいいですねえ。透き通るものというのは、この料理にしろ、お召し物にしろ、なんとも味があって風流ですな」

「牡丹に蝶ですか。よく似合ってらっしゃる」

酒と葡萄の調べに目を細めながら、光則が言う。

お蘭は、ふふと笑んだ。

「あら、ありがとうございます。褒《ほ》めていただけて嬉しいけれど、牡丹に蝶って、いかにもでしょう？　牡丹に合う模様って、ほかに何かないかしら」

お蘭は光則に流し目を送る。

「絵師でいらっしゃるのでしょう? 是非、お見立てをお伺いしたいわ。美に関することには、うるさくていらっしゃるでしょうから」

目九蔵が冷酒を運んできた。お蘭は艶やかな笑みを浮かべ「いただきます」と、きゅっと呑み干す。

光則はお蘭を横目で見て、答えた。

「そうですね……。鶴、竹などは如何《いかが》でしょうか。すらりとした鶴に、涼し気な竹、白い牡丹の重なり合いは、風情《ふぜい》があって実に美しいと思うのですが」

お蘭は長い睫毛《まつげ》を瞬《しばたた》かせた。

「さすがねえ! 彩が目に浮かぶようだわ。絵師の人でなければ、思いつかないような組み合わせね。鶴と竹が描かれた紗の着物、探してみるわ」

嫣然《えんぜん》と笑むお蘭から、光則はふと目を逸《そ》らした。そして酒を啜《すす》りながら、呟くように言った。

「白い牡丹に、鶴に竹。それに椿《つばき》が加われば、この世は極楽。……いや、美し過ぎて、地獄かもしれないな」

しんとなり、皆、光則を心配そうに見る。光則は唇を少し歪《ゆが》めた。

「……美し過ぎるものは、時に人を惑わせる。それでも、真の美しさはまだよい。嘘の美しさは危ないものだ。嘘の美しさに取り憑《つ》かれたならば、地獄へ落ちてしまうことだってあるだろう。精巧な嘘であれば嘘と見抜けぬこともあるから、用心が必要だ」

「あら、わちきみたいな女は、嘘の美女ってことかしら？」

お蘭が頬を膨《ふく》らませておどけてみせると、光則は苦い笑みを浮かべた。


その翌日、お花は気乗りしないまま、引き札配りに出向いた。いつ年雄が現われるか分からないので、本当はもう配るのを止めたいのだが、お紋やお市が「ちゃんと行ってきなさい」と煩《うるさ》いのだ。この頃は稲荷寿司に力を入れているので、それをもっと広めたいということもあるのだろう。

お花が渋々引き札を配っていると、光則が険《けわ》しい顔をして駆けていく姿が、目に入った。亀島橋のほうだ。光則は時折振り返りながら走っている。

――誰かから、逃げてるのかな――

その様子を見て、お花は咄嗟《とっさ》に思った。

すると少しして、同じところを、今度は年雄がやはり険しい顔をして駆けていくのが見えた。

——まさか、あの二人……ううん、勘違いだよね——

お花は気が気ではなく、もう引き札を配るどころではなくて、立ち竦んでしまった。

# 第五話　作れない饅頭《まんじゅう》

一

酷《ひど》く酔って浅蜊を食べたのを最後に、光則はぷつりと〈はないちもんめ〉に姿を現わさなくなった。

「光則さん、どうしてるかね」

朝餉を味わいながら、お紋が呟く。今朝は、御飯・冬瓜《とうがん》の味噌汁・里芋《さといも》の煮転《にころ》がし・冬瓜の揉み漬け。お紋は相変わらずよく食べた。

「仕事もあるでしょうし、忙しいんじゃないかしら。でも、心配よね」

里芋の煮転がしを頬張りつつ、お市が答える。

「凄い酔い方だったもんね。最後は立ち上がれなくなって、吉田屋さんに負ぶわれて出ていったし」

「あれだけお酒を呑めば、一箇月ぐらい呑みたくなくなるかも」

「ほんとだ」

お紋とお市が笑う横で、お花は黙って味噌汁を啜っている。お市が訊ねた。

「どうしたの、お花。そんなに難しい顔しちゃって」

お花は我に返ったように、答えた。

「う……ううん、もうすぐお盆と思ってさ」

「何よ。今の話、訊いてなかったの？」

「いや、だって、お盆って大切だろう？　祖父《じい》ちゃんやお父《と》っつぁんが帰ってくる時だもん。ちゃんと迎え火焚かなくちゃな、って」

「この子も、たまにはいいこと言うんだねえ」

お紋は孫を見つめ、しみじみとした。


その夜〈はないちもんめ〉に、文左衛門が慌ててやってきた。

「み、光則さんが、急にいなくなってしまったんです！」

立派な体軀を揺すり、文左衛門は息を荒らげる。

光則は数日前には上野の宿に確かに居たのだが、そこをふらりと出たまま行方《ゆくえ》が分からなくなってしまったらしい。

お市が出した水を飲みつつ、文左衛門は語った。

「それで私、光則さんの住処《すみか》まで行きましてね、何か手掛かりが残っていないか、探したんです。でも、部屋は酷く荒らされていて、絵の道具のほかは殆ど何も残ってませんでした」

お市たちは息を吞んだ。お紋がおずおずと口を出す。

「何かに巻き込まれてしまったんですかね」

「ええ……私もそう思います。部屋があれほど荒らされていたのも、何かの証を隠すためでしょう」

少し考え、お市が言った。

「光則さんが襲われたこと。あれは、もしや追い剝ぎの仕業ではなくて、別の何かに絡んだことだったのかもしれませんね」

「今にしてみれば、そうでしょう。光則さんは、あの時、何も奪われてませんでしたから」

皆の話を聞きながら、お花は心を揺らす。町で見掛けたことを話すべきか否《いな》か、悩んでいるのだ。言わなければと思いつつ、以前付き合っていた男が疑わしいとなると、やはり躊躇ってしまう。年雄が犯罪に手を染めているとして、余計なことを誰かに告げ口したりしたら、年雄がそれに気づいた時に自分に怒りが向けられるのも恐ろしい。

お花は、年雄が本気で機嫌《きげん》が悪くなると、女でも構わずに手を上げることを知っている。お花も、二、三度殴られたことがあるからで、そのような凶暴さにも辟易《へきえき》して、別れたのだ。

――もし、あたいが年雄が怪しいと話して、捕まってくれたならいいけれど、もしあたいの勘違いだった場合や、あいつが上手く逃げ果《おお》せた場合、あいつは必ずあたいのところへ仕返ししにやってくるだろう。それが怖い。殴られるだけじゃ済まない、きっと――

そう思うと、お花に震えが走る。

文左衛門は懐から折り畳んだ紙を取り出し、広げた。

「光則さんの住処はもぬけの殻《から》のようになっておりましたが、描き掛けの絵は何枚か飛び散ってました。その一枚が、これです。食べ物が描かれたもので、持って参りました」

お市たちはその絵を覗き込んだ。

「これは……饅頭かい？」

絵には、いくぶん平べったい饅頭のようなものが描かれていた。一つは黄金色。一つは鼠色。色艶といい、いかにも食指が動かされるように描かれていて、さすがは絵師と思わせる。

文左衛門は紙を裏返した。

「私が妙に思ったのは、裏に饅頭の作り方までが書かれていたことなんです。光則さんは、何か料理本の挿絵《さしえ》のようなものを手掛けていたのかと、思いましてね。しかし、うちでは頼んでおりませんし、そのような仕事に取り組んでいるということも、光則さんから聞いたことはありませんでした。そこで、もしや、この絵が何か手掛かりになるのではないかと……。考え過ぎかもしれませんが」

「そうなんですか。……裏に書かれたとおりに作れば、この饅頭が出来るってことなのかね。で、それが何かを意味しているのか」

お紋が首を傾げる。料理に関することなので、三人は興味を持ち、お市は文左衛門に言った。

「この絵、お借りしてもよろしいですか？　目九蔵さんに手伝ってもらって、作ってみます」

「お願いします。お紋さんが仰るように、何か意味が籠められているとしたら、光則さんを捜し出せるかもしれませんので」

文左衛門は頭を下げ、帰っていった。

お市たちは、早速作り始めた。絵の裏には、こう書かれてある。

《材料
・冷や御飯　一合・麹《こうじ》　三杓《じゃく》・湯　一合・饂飩粉　一升《しょう》五合《ごう》　（これらの量は必ず守ること）・黒砂糖、白砂糖、水　それぞれ適量（黒饅頭用）

作り方
・冷や御飯、麹、湯を併せ、器に入れて放置し、酒を造る。（夏場は二日ほど、冬場は五日ほど）
・小麦粉に酒を混ぜ、耳朶《じだ》ぐらいの硬さに捏《こ》ねる。
・黒饅頭用には、黒砂糖、白砂糖、水を煮て作った餡も混ぜ合わせ、捏ねる。
・二刻ほど置き、醸《かも》す。
・醸し、柔らかくなった生地に饂飩粉を微量に加えて調《ととの》えながら、再び捏ねる。
・一つずつ丸め、中に餡を入れて、醸す。表面に張りが出てくるまで、そのまま置く。
・蒸し器に入れて、蒸す》

目九蔵は厳しい顔つきで作り方を眺めていたが、「やってみますわ。取り敢《あ》えず、このとおりに酒を造ってみます」と、板場へと入った。

二日経ち、出来上がった酒を見て、目九蔵やお市たちは、首を傾げた。醸されているが、どうにも、どろっとしている。

「どぶろくみたいな仕上がりだね」

「でも、紙には《量は必ず守ること》って書いてあるもんね」

目九蔵は何か考えていたようだが、「最後まで、書かれてあるとおり、やってみます」と、饅頭を作り始めた。

しかし、どうしても上手く作れない。腕が良いと折り紙つきの目九蔵でも、だ。いくら頑張っても、絵に描かれた饅頭とは程遠い出来上がりになってしまう。

「駄目や、いくらやっても、偽《にせ》饅頭のようなものしか出来へん」

目九蔵はぼやいた。生地が膨らまず、絵よりも更に平べったくなってしまい、中に入れる餡を多くしようとすると皮が破けてしまうのだ。

「どういうことなんだろう。饅頭の失敗作を作らせるための絵を描いていたってことかい？」

皆、首を捻《ひね》る。目九蔵は作り方をしげしげと眺め、苦み走った顔を見せた。

「恐らく、《守ること》と書かれた分量が間違ってるんですわ。饂飩粉を一升五合使うなら、冷や御飯は一合、麴は五杓、湯は二合もしくは三合。それで当たってる思います。それなら、このような饅頭が作れますさかい」

「さすが目九蔵さんね。書かれた分量では、生地が硬過ぎるようだったもの」

お市は溜息をついた。

「でも……本当に、いったいどういうことなのかしら」

皆、腕を組み、考え込んでしまった。

二

絵の饅頭をよく見てみると、小さくだが、何か家紋のようなものが描かれていた。お市は、昼餉を食べにきた木暮に、絵を見せて訊ねてみた。饅頭作りの一件も話す。

「うむ。それで、これに書かれたとおり作っても、ちゃんとした饅頭は出来なかったという訳だな」

「そうなのよ。目九蔵さん、『いくらやっても偽饅頭のようなものしか出来へん』って。気分害しちゃったんじゃないかと、心配だわ」

「なるほどなあ。それで、光則の行方はまだ分からぬのだな」

「ええ。まだ見つかってないみたい」

「とすると、光則が斬られた件は、追い剝ぎとは関わりなく、別の何かに巻き込まれてということだったのか。今度《こたび》の失踪《しっそう》も、その延長か……」

木暮は絵をしげしげと眺めた。饅頭に描かれた家紋は、二つの細長い円が交差しているようなものだ。

「絵をちょっと貸してくれないか。この家紋について調べてみて、今夜にでもまた来る」

「もちろん、持っていって。何か手掛かりになればいいけれど」

お市は木暮に、饅頭の絵を託した。

木暮は夜に再び店を訪れ、分かったことを告げた。

「この家紋は、阿部《あべ》様のものだった。『違い鷹《たか》の羽』というそうだ」

「阿部様の家紋って……どういうことだね。ますます分からないよ」

お紋が首を捻り、木暮も難しい顔をする。

「江戸に近いところでは、武州の忍《おし》藩や、上総《かずさ》の佐貫《さぬき》藩を治めているのが、阿部様だ。さて、光則の失踪と阿部様が、いったいどう繋がっているのか……」

お花の顔が、真《ま》っ青《さお》になった。木暮の口から、武州という言葉を聞いたからだ。

年雄はお花に、こう言った。「江戸と武州を行き来している」と。年雄がお花に教えてくれた稲荷寿司も、「武州で流行っているものだ」と、確かに言った。

娘が微かに震えているのを見て、お市は驚き、声を掛けた。

「お花、どうしたの？」

皆の眼差しが、お花に集まる。お花はやけに胸騒ぎがして、堪えきれず、ついに話した。

以前付き合っていた年雄に、復縁を言い寄られていたこと。年雄が武州と江戸を往復しているのを自慢していたこと。そして、道で、光則と年雄を見掛けたこと。どうも、光則が逃げ、年雄が追っているようにも見えたこと。そしてそれ以降、年雄を見ていないということも。

皆、顔を強張らせ、お花の話を聞いていた。お花は目に微かに涙を浮かべ、皆に謝った。

「ごめん。……もっと早く話すべきだったろうけど、下手なことを喋って年雄に仕返しされたらと思うと、怖くて。言い出せなかったんだ」

「仕方がねえよ。お花ちゃんが悪い訳じゃねえ。気にするな。……それより、年雄の住処って分かるかい？」

お花は洟を啜りつつ、答えた。

「前住んでたとこは、深川の熊井町《くまいちょう》だよ。永代橋《えいたいばし》を渡ったところの」

「よし、じゃあ、そこに行ってみよう。お花ちゃん、案内してくれ」

「分かった」

木暮はお花と一緒に、店を飛び出していく。

「お花、しっかりね！」

お市とお紋は、お花の背に向かって、叫んだ。

二人は猪牙舟に乗り、亀島川、日本橋川、大川を渡って、熊井町へと向かった。歩いてもそれほどの距離ではないが、夜道となるので、舟のほうがよい。

熊井町は永代橋のほど近くで、舟を降りると二人は駆けた。酷い胸騒ぎがして、お花は心ノ臓が口から飛び出そうだ。

「ここ！」

長屋の一軒を差し、お花が声を上げた。家は暗く、物音一つしない。

「こいつも連れていかれたか……」

呟きながら、木暮は腰高障子を開けた。手にした提灯《ちょうちん》で、真っ暗な部屋を照らしてみる。

壁に、血が飛び散った跡があった。

年雄は、部屋の中央に倒れていた。何者かに斬られ、既に絶命していた。

「大丈夫か、お花ちゃん」

血の臭いに、木暮は袂で鼻と口を押さえる。お花は真っ青になりながらも、

「大丈夫」と気丈に答えた。しかし、声は酷く震えていた。

「一昨日《おととい》ぐらいかな、殺《や》られたのは」

遺体を見ながら、木暮が察する。

「これは、何だろう」

部屋に転がっていたものを、お花が拾った。菓子包みであった。《五嘉棒《ごかぼう》》と書かれてあり、菓子の名のようだ。

「江戸では聞いたことない。武州の菓子かな」

「よし、これを調べてみよう」

木暮は、菓子包みを持って帰ることにした。

年雄の遺体は奉行所に引き取られ、調べられた結果、やはり死後二日ほど経っていたと分かった。

年雄への未練などなかったお花だが、一時でも付き合った男の遺体を見た衝撃は強く、塞ぎ込んでしまった。お市とお紋は、そんなお花を気遣い、そっと見守った。

木暮が調べたところ、年雄の部屋に転がっていた《五嘉棒》という菓子は、武州は熊谷《くまがや》の名物であった。餅米、きな粉、水飴、砂糖で作られる、棒状の菓子だ。

「熊谷は、忍藩の領地だ。それから、あの稲荷寿司についても調べてみたのだが、あれは妻沼《めぬま》などで名物になっているもので、妻沼も忍藩の領地なんだ。また、光則の家で見つかった饅頭の絵に描かれていた家紋は阿部様のもので、阿部様は忍藩の領主だ。……ということは、だ。年雄と光則を結ぶのは、忍藩ということなのだろうか」

木暮は勘を働かせる。

「いったいどうして、絵師の光則さんと、お花には悪いけど……破落戸《ごろつき》の年雄が、忍藩に関わっていたというんだい？　私、頭が悪いから、さっぱり訳が分かんないよ」

お紋が目を白黒させる。お市も溜息をついた。

「私も何が何だか分からないけれど、光則さんの失踪に、年雄さんは本当に関わっていたのかしら」

「うむ。どれもこれも、互いの部屋に残っていたものからの、あくまでも推測に過ぎねえんだよな。何でもいいから、もっと手掛かりがほしいところだ」

木暮は腕を組み、唸った。

翌日、お蘭が昼餉を食べにきて、お市に話し掛けた。

「ねえ。噂で聞いたんだけれど、あの絵師の光則さん、行方知れずになっているんだって？」

「そうなのよ。まだ見つからないみたい」

「じゃあ、話しておいたほうがいいかもしれないわね。……わちき、この間、ここで酔っぱらってるあの人を見て、思い出したのよ。ほら、あの人のことをどこかで見たことがあるような気がする、って言ってたでしょ？　深川で、だったのよ！　わちきがまだ深川に居た頃から、あの人、通ってたの。光則さん、『浅蜊を飯にぶっかけたのより、酒蒸しで食べるほうが好きだ』なんて、騒いでいたでしょう。あの言葉で——あっ、深川だ——って、思い当たったのよ。それで近づいて話し掛けてみたの。恐らく間違いないわ」

浅蜊のぶっかけ飯と言えば、深川の名物である。お蘭は続けた。

「あの人が通っていたのは、私が居た置屋《おきや》ではなくて、隣の置屋だったんだけれど、あの人が惚れていたのは、確か豆千代《まめちよ》さん。わちき、豆千代さんと顔見知りで、そういえば『絵描きのお客さんがいて、私の絵を描いてくれるの』なんて惚《のろ》気《け》ていたわ」

お市は身を乗り出した。

「それ、本当の話？」

「うん。間違いないとは言い切れないけれど、たぶん、そう。木暮の旦那に話して、一度、調べてみるといいわよ。豆千代さんが居る置屋の名前は〈はる屋〉ってところ。豆千代さん、まだ深川に居ると思うわよ」

「貴重な手掛かり、ありがとうございます！」

お市はお蘭に、丁寧に礼をした。


その夜、店を訪れた木暮に、お市はお蘭から聞いたことを話した。

「うむ。その〈はる屋〉、一度当たってみる価値はあるな」

「もし豆千代さんとのことが本当なら、光則さん、結構散財していたのではないかしら。お蘭さん、言っていたもの。豆千代さんは売れっ妓《こ》で、遊ぶのにも金子が掛かった、って」

「金子か……なるほどな。駆け出しの絵師なら、相当無理をしていただろうな」

ぼんやりとしていたものが、少しずつ固まっていく。木暮は忍藩の状況について調べたことも、お市に話した。

忍藩は寛保《かんぽう》二年（一七四二）頃から災害や天明《てんめい》の大飢饉《だいききん》などで、大被害に遭っていたという。それに加え、歴代藩主が公儀の要職に就《つ》いたがために出費が重なり、藩の財政は逼迫《ひっぱく》していた。

宝暦《ほうれき》二年（一七五二）、明和《めいわ》元年（一七六四）には、藩内で一揆《いっき》が起こり、藩政は不安定だった。そしてその状況は、今も続いているようである、と。

「じゃあ、忍藩って、結構苦しいのかしら」

「うむ。安泰《あんたい》という訳では、決してないだろう。……ということは、何を企《たくら》んでも、おかしくはないってことだ」

木暮の目が、ぎらりと光る。お市が思わず口にした。

「旦那っていつもは、のほほんとしているけれど、やる時はやるのよね。そういう時って、なかなかいい男に見えるわ！」

「……けっ、それじゃあ、いつもはいい男に見えねえみたいじゃねえか」

木暮が顔を顰める。お市は笑った。

「まあ、そのとおりね」

「こいつ」

苦い笑みを浮かべ、木暮は酒を啜った。

お客が増えてきて、木暮はこの件について話すことを止めた。暫く、料理と酒に舌鼓《したつづみ》を打つことにする。

「この〝枝豆の味噌煮〟いいねえ！　あっさりしてて、冷酒によく合う。暑い時は、これが一番だ」

枝豆を口に含み、木暮は目を細める。枝豆を丸ごと味噌汁で煮込んだだけの料理だが、味噌の旨みが豆に染みて、これが堪らぬのだ。

すると、豆腐屋の手代の庄太が、店に入ってきた。

「あら、庄ちゃん、いらっしゃい！」

お紋が笑顔で迎える。豆腐の値上げの件では庄太に八つ当たりしたが、庄太の家の事情を知ってから、お市たちは暖かな眼差しを送っている。妹のために頑張る庄太を、少しでも励ましてあげたいからだ。

庄太はこの頃、時折店にも食べにくるようになり、そのような心遣いも、お市たちはいじらしく思っていた。

庄太は座敷に上げられたが、いかんせん混んでいるので、木暮と殆ど隣り合わせになってしまった。お紋が謝る。

「お二人とも、ごめんなさいねえ。仲良くしてね」

「いやいや、俺はまったく構わんよ」

「俺もです。……でも、狭苦しくなって、すみません」

庄太が木暮に頭を下げる。木暮は「謝らなくてよい。ま、一杯」と、庄太に酒を注ぐ。庄太は恐縮しつつ、飲み干した。

庄太は猪口一杯で真っ赤になり、木暮から「弱えなあ」と笑われた。お市も微笑んだ。

「庄太さんは下戸《げこ》で、甘いもの好きなのよね」

「ほお、甘党かい？」

「ええ……そうなんです。こちらのお店は甘味も旨くて、嬉しいです」

庄太は照れくさそうに、頭を掻く。

「何か甘くて美味しいもの、作って持ってくるわね」

お市は庄太に優しい笑みを掛け、板場へと行った。

少し経って、お市は若草色の皿に美しい菓子を載せ、運んできた。

「どうぞ。〝花びら餅〟です。目九蔵さん曰《いわ》く、京では新年を祝う料理でもあるんですって」

「うわあ、綺麗だなあ」

庄太は満面に笑みを浮かべる。木暮も覗き込んだ。

「うむ。俺は甘いものは苦手だが、これは確かに旨そうだ。京の菓子か。やはり上品だな。……挟まってるのは何だ？　まさか、牛蒡かい？」

「その、まさかよ。目九蔵さんに教えてもらったのだけれど、平安時代の新年行事である〈歯固めの儀式〉を簡単にしたものが、由来なんですって。齢《とし》を固めるために、押し鮎《あゆ》みたいな堅い物を食べて健康と長寿を祝っていたらしいのだけれど、どんどん簡略化されて、やがてお餅の中に具材を包んだものが配られるようになったそうよ。宮中雑煮《きゆうちゆうぞうに》と呼ばれたらしいけれど、それを表わしたのが、この〝花びら餅〟ですって。中に入っているお餅、白味噌、牛蒡は、まさにお雑煮の見立てでしょう」

「なるほど、お雑煮の見立てなんですね！　それで牛蒡が挟まっているのか。甘い菓子に牛蒡が使われているって不思議な感じもしますが、初めて食べますし、楽しみです」

　庄太は舌舐めずりし、「いただきます」と、楊枝で切って頬張った。

「ううん、旨い！　もちもちした歯応えに、白味噌の甘みが、堪りません」

　その蕩ける笑顔に、お市の目尻も下がる。

「喜んでもらえて、よかったわ。このお菓子の中に入っているのはね、白いんげん豆から作る風味のよい白餡に、白味噌を混ぜたものよ。それと、細く小さく切った牛蒡を、こしのある羽二重餅《はぶたえもち》で挟んでいるの」

　お市の話を頷いて聞きながら、庄太は美しい餅菓子を噛み締める。

「いやあ、素晴らしい。真っ白なものって、なんでこんなに旨いんでしょうねえ。見た目も綺麗だし」

庄太は感嘆し、笑顔を蕩けさせる。

「本当にそうよねえ」

お市はそう返しつつ、何か、もやもやとしたものが込み上げた。

木暮は庄太を、ちらと見た。

三

木暮は、お蘭の話を手掛かりに、光則が入れ込んでいた女がいると思しき置屋を訪ねることにした。

深川といえば吉原《よしわら》と並ぶ、一大花街《かがい》だ。深川八幡宮《はちまんぐう》の門前町ゆえ、表向きは芸妓《げいぎ》が多いことになっているが、女郎も数多くいる。

木暮は〈はる屋〉へと赴き、女将に「ちょっと訊きたいことがある」と十手《じって》をちらつかせた。

「な、何でございましょう」

女将はびくつきながら、木暮を中に通した。内所《ないしょ》という、置屋の主と女将が居る部屋で、木暮は話を聞き出した。主は留守だったので、女将が語ってくれた。光則はやはり三年前頃から、この〈はる屋〉に通っていたようだ。光則は本名を名乗っており、駆け出しの絵師ということも皆知っていたという。

「光則さんは、経師屋《きようじや》の一人息子だったと聞きました。お父様も腕が良くて、結構繁盛していたそうですが、光則さんは絵に没頭してしまったようですね。それで家を出て、御実家の援助も受けずに頑張っていらっしゃいましたが、やはり苦しいのではないかと思っておりました。……よく金子が続くな、と」

経師屋とは、巻物・掛物・和本・屛風・襖《ふすま》などの表装をする職人のことだ。

「なるほど。御実家には帰ってなかったんでしょうかね」

「ええ。光則さんは親御さんの言うことをまったく聞かず、殆ど、勘当《かんどう》されていたようです。御実家の経師屋さんのほうは、お父様のお弟子さんが継ぐことになると、仰ってました」

「御実家は何処《いずこ》か、分かりますか」

「ええ。日本橋とか仰ってましたが、お店の名前までは分かりませんね」

木暮は少し考え、訊ねた。

「こちらで遊んだ分の金子は、ちゃんと払ってましたか？」

「ええ。豆千代を呼ぶのは決して安くはありませんが、その分の金子はちゃんといただいておりました。……もしかしたら」

女将と木暮の眼差しがぶつかる。

「どこかで借りていたかもしれませんな」

「ええ……そんなことは、私どもも思っておりました。光則さんは、お仕事もようやく波に乗ってきたという頃ですしね。それなのに光則さん、豆千代を本気で身請けしたいと言い出したのです」

木暮は目を見開いた。

「本当ですか？ もし豆千代さんを身請けするとすれば、いかほど掛かるものなのでしょう」

「ええ……。この見世でも三本の指に入りますからねえ。少なく見積もっても、百両はいたします」

木暮はさらに目を丸くする。

「そ、それほどですか！ それで、光則さんは、それを払うと言ったのですか？」

「はい、仰いましたよ。私どもは、『無理しないほうがいいですよ』と、さりげなく止めましたが。でも『今年の終わりまでには必ず金子を用意するので、それで豆千代を身請けさせてほしい』との、一点張りでね。まあ、こちらとしても、金子を本当に払ってもらえるなら、それに越したことはありませんから。今年の終わりまでに本当に用意が出来るかどうか、様子を見ているところでした。豆千代も、光則さんのことを好いておりますしね」

「なるほどな……。豆千代さんは、今、いますかな？　ちょっと挨拶しておきたいのだが」

「はい。少々お待ちください」

女将は腰を上げ、二階へ行き、豆千代を連れて戻ってきた。豆千代は髪を乱し、憔悴した顔をしている。光則がいなくなってしまったことを、知っているようだった。

豆千代は窶《やつ》れていたが、化粧をきちんと施し、良い召し物を着せれば、艶やかに変貌するであろうことは見て取れた。木暮は、優しい声で訊ねた。

「光則の居場所は、分かりませんよな？」

「はい……。分かっておりましたら、抜け出してでも会いに参ります。あの人に会えず、このところ一睡《いっすい》も出来ないのです」

豆千代は、薄い唇を嚙み締めた。

「光則が話していたことで、何か引っ掛かったことはありませんかな？　何かおかしいと思うようなことは、なかったですか？　覚えていたら、どんなことでもいいから、教えてください」

豆千代は暫く考えていたが、溜息をついた。

「申し訳ございません。これといって思い当たることは、ございません」

「金子をどこから借りている、などということは言っていなかったかい？」

「……はい、言っておりませんでした。あ、そうだ」

豆千代は手で口元を押さえ、目を瞬かせた。

「何か思い出したかい？」

「え、ええ。それで私、絵師のお仕事って、それほど儲かるのかと、信じ込んでいたのです。この見世に来るには、それなりの金子が掛かりますから。ある時、私が『絵って高く売れるのですね』と無邪気に申しましたら、光則さん、こう答えたのです。『それは売れっ子のごく一部だよ。俺は別の仕事もしていて、それが儲かっているんだ』と」

「別の仕事、と、確かに言ったのだね」

木暮は身を乗り出す。豆千代は頷いた。

「その時は何も思わなかったのですが、今にしてみれば、もしや……危ないことに手を染めて……」

豆千代は微かに肩を震わせる。木暮は励ますように言った。

「まだ、そうと決まった訳ではない。早合点《はやがてん》なさるな。話を聞かせてくれて、ありがとう。光則は、必ず見つけ出してみせるから、安心しなされ」

豆千代は大粒の涙をこぼしながら、何度も頷く。女将は、豆千代の細い背中を、優しくさすっていた。

木暮は〈はる屋〉を後にし、八丁堀へ帰る道中、推測を整えていった。

――光則は豆千代に本気で惚れていて、どうしても身請けしたくて、纏まった金子がほしかったのだろう。それで、何かやばいことに手を出してしまったのだろうか。その、やばいことというのが、光則自身が豆千代に語った『絵師以外の仕事』だったのだろう。それは、あの見世に通うようになってから、始めたのだろうか――

日が暮れてきて、空が血潮《ちしお》の色のように、赤く染まっている。烏《からす》の啼《な》き声が響き渡り、空に黒い影も少しずつ広がり始めた。

――光則は、豆千代の元へ通うために、そのやばい仕事を始め、豆千代を身請けしたくて、その仕事に更に足を踏み入れちまったのだろうか。光則は絵に阿部様の家紋を残したほどだから、そのやばいことというのに、忍藩が何か関係しているというのか。もしや……光則は、藩ぐるみのやばいことに、何か加担していたとか？　あの殺された年雄も、藩に雇われていたとしたら？　光則が足を斬られたのは、追い剥ぎではなく、藩の廻し者の仕業だったのかもしれん。その廻し者が、年雄だったのか？　年雄は光則を付け狙っていて、その場面を、お花ちゃんは目撃したのかもしれん。藩は、口封じのため、光則をそろそろ消そうとしていたのか……。ならば年雄も、口封じのため、消されたか。……二人を共に消してしまえば、藩としては好都合だからな――

夕闇が迫る中、木暮は目を光らせ、ざくざくっと砂利を踏み締めつつ、黒羽織を翻して歩いていった。

木暮はまたも〈はないちもんめ〉に顔を出し「一杯だけな」と酒を頼んだ。

「今宵も遅くなって、お内儀様に怒られるんじゃない？　大丈夫？」

「平気平気、あんな奴、放っておけばいいのだ。まったく、おかちめんこのくせに、態度だけはでかいのだからな」

お市は、ふふと笑う。あれこれ言うが、木暮が内儀の尻に敷かれていることを、よく知っているのだ。

木暮は〈はる屋〉で知り得たことを、お市に話した。

「さすが、旦那！　勘働きは当たっていると思うけれど、光則さんが藩のまずいことに首を突っ込んでいたとして、いったいどういうことなのかしら」

「うむ。それが皆目《かいもく》分からぬのだ。それが分からぬことには、動けぬ」

忍藩の上屋敷は、江戸城の馬場先門《ばばさきもん》内にあるが、藩邸内は治外法権《ちがいほうけん》となるため、奉行所の者は乗り込むことが出来ない。しかし、もし藩ぐるみで罪を犯しており、藩主まで関わっているとしたら、評定所《ひょうじょうしょ》が藩主を引っ張ることは出来る。藩内の犯罪でも、重要であれば、公儀が捕らえることは出来るのだ。だが、捕らえる理由も証拠も、何も摑んでいない。

頭を抱える木暮に、お市は優しく微笑み掛けた。

「そんなに根《こん》を詰めないで！　美味しいものでも食べれば、また元気になるわよ。ちょっと待っていてくださいね」

お市は板場へと行き、料理を持って戻ってきた。皿を見て、木暮は「ほう」と感嘆した。

「鮑《あわび》ではないか！　贅沢だが、美味だものなあ。俺の大好物だ」

「お値段はそれほど高くありませんので、安心して召し上がれ」

お市のふくよかな笑顔と、皿の上で艶々と輝く鮑に、木暮の表情も緩む。木暮は「どれ」と鮑を箸で摘み「おや？」と呟いた。

「これ……鮑じゃないだろ？」

「そのとおり！　松茸《まつたけ》で作った、偽鮑なの。見たところ、鮑そっくりでしょ？松茸の軸の太いものを鮑の形に切って、醬油で煮て縦に薄く切れば、出来上がり。生姜酢で、召し上がれ。この料理、〝精進鮑《しょうじん》〟とも言うそうよ。『料理珍味集』に載ってるんですって。目九蔵さんって、本当に物識りだわ！」

ちなみに『料理珍味集』は、宝暦十四年（一七六四）に刊行されている。

「へえ、そういう料理があるんだ。いや、旨いよ。そりゃ鮑のようにはいかぬが、弾力もあるし、香りも良い。鮑とはまた別の良さがある。酒が進む。これを酒に浮かべて呑んでも、また一興だろう」

木暮は松茸を味わい、酒を啜る。

「松茸ゆえに、安くつくと言ったんだな。確かに松茸は安価だ」

「無理して高いもの食べなくても、安いもので代用出来れば、こんなにいいことはないもの」

「なるほど、偽鮑、ね。それでも何も困らぬ、か。松茸か、もうそんな季節なんだなあ」

「今年は少し早く出廻ってるみたい。去年は葉月《はづき》に入ってからだったけれど」

木暮の手が、ふと止まった。

「偽鮑、か……。なあ、この前、光則の部屋に落ちていた絵に書かれたとおりに饅頭を作ったら、偽饅頭が出来たって言ってなかったか？」

「ああ、目九蔵さんが言ってたわ。絵のとおりに、どうしても作れないって。『いくらやっても、偽饅頭のようなものしか出来へん』って。それがどうかしたの？」

「偽饅頭……そうか、偽饅頭だ」

木暮は偽鮑を見据え、一人納得したように頷く。ぽかんとしているお市に、木暮はにやりと笑った。

「もしや光則は、〝偽の絵〟を描いていたのかもしれねえぜ。藩、もしくは藩の誰かに頼まれて、な」

「偽の絵……」

お市は目を見開いた。

「そうだ。有名な絵の贋作《がんさく》なら高く売れるだろうからな。誰かの金子儲けのために、光則は使われたのかもしれん。光則は何かあった時に備えて、絵の中に〈助けてくれ〉という言伝を忍ばせていたのだろう」

「凄いわ、旦那！　でも藩あるいは藩の誰かが絡んでいるとして、藩邸に踏み込むことは出来ないのよね？」

「うむ、難しい。しかし、まあ、これは推測であって証拠が何もないのだ。あの絵が確実な証拠になるとは、言い難い。……光則の部屋から、描いていた贋作が見つかればいいのだが、あれだけ荒らされていたからなあ」

「隅から隅まで探して、すべて持っていってしまったのでしょうね」

お市も溜息をつく。木暮は力強く言った。

「まだ諦めちゃいねえぜ。忍藩について、もっと調べてみらあ」

お市は大きく頷き、木暮に酌をした。すると屏風《びょうぶ》の裏から、不意に目九蔵の声がした。

「あの……すみません。ちょっとよろしいですか」

　お市と木暮は顔を見合わせる。木暮が低い声で「いいぞ」と答えると、目九蔵が顔を覗かせた。

「すみません。話を聞くつもりはなかったのですが、耳に入ってしまいまして。……私も、光則さんは偽の絵を描いてはったのではないかと思います。恐らく雪《せっ》舟《しゅう》の絵などを」

「雪舟？」

　お市と木暮は声を揃えて聞き返す。目九蔵は頷いた。

「光則さんがここに最後に訪れた時、お蘭さんと着物の話をなすったんです。女将、覚えてはりますか？」

「ああ、覚えているわ。お蘭さんが紗の着物を召していて、確か牡丹に合う柄は何がよいとか光則さんに訊いたのよね」

「そうです。光則さんは、牡丹には鶴や竹が似合うとお答えはって、その後こう仰ったんです。『それに椿が加われば、この世は極楽。……いや、美し過ぎて、地獄かもしれない』と。それでわて、思ったんですわ。光則さんは、雪舟の絵を好まれるのだろうなと。あの時は口にしませんでしたが」

「どうして雪舟と思ったんだ？」

「雪舟の絵に《四季花鳥図屛風》という作品がありまして、それに描かれているのが、鶴・竹・白い牡丹・赤い椿、なんです。もしや、あの時も光則さんは話の中に言伝を忍ばせてはったのではないかと」

お市は深く頷き、木暮は眉間に皺を寄せた。

「そうかもしれないわ。あの時、光則さん少し変わったことを口にして、皆しんとしたのよね」

「変わったことというと？」

木暮の問いに、目九蔵が答えた。

「こんなことですわ。……『嘘の美しさは危ないものだ』『精巧な嘘であれば嘘と見抜けぬこともあるから、用心が必要だ』と」

「……相当追い詰められていたんだろうな。『美し過ぎて、地獄かもしれない』という言葉も病んでいる」

木暮は眼光鋭く顎をさする。目九蔵が静かに言った。

「雪舟の絵は大名などにも人気があって、贋作が出回っていると聞きます。大金を叩《はた》く人も多いと」

「その線で調べてみるか。目九蔵さん、感謝するぜ。……しかし、あんた、本当によく物を識《し》っているなあ。いったい何者なんだ」

「ただの板前ですわ」

目九蔵は深々と礼をした。

木暮は忍藩について調べ、財政が逼迫して、よからぬ噂がいくつか囁かれており、その中に偽絵作りも含まれていることを知った。

――偽絵の作成や売りさばきに藩ぐるみというのは考えにくいな。関わっているとしても一人もしくは数名だろう。それに、専門の骨董商《こっとうしょう》が絡んでいるはずだ――

木暮は考えを巡らせた。

――光則が贋作していたというのが当たっているとして、いったいどんな経緯《いきさつ》で、そのようなことに加担することになったのだ？　忍藩の下屋敷で開かれる賭《と》場《ば》にでも行っていたのだろうか。そこで何某《なにがし》かと知り合い、引き擦り込まれてしまったというのか――

そこで木暮は、岡っ引きの忠吾を、浅草にある忍藩の下屋敷に潜り込ませることにした。忠吾は博徒のふりをして聞き込みをし、こんなことを木暮に伝えた。

「あの賭場には、両替商たちが集まってますぜ」

「何、両替商？」

「はい。それで、光則も確かに一時期、あの賭場に出入りしていたようです。恐らく、深川通いをするため、博打で当てようとでも思ったのでしょう」

「うむ。その両替商の連中は、光則のことを知っていたか？」

「ええ。覚えてました。……といいますか、もしや、あいつらが光則をそそのかしたんじゃねえかと」

「なるほど、両替商か……。そういや、数年前、銀が異様に高騰《こうとう》したことがあったな。後に、噂が流れたんだ。あの時、両替商たちの何軒かが企《たくら》んで、銀の流通を少なくして故意に銀を高騰させたとか。その間に金を割り増しで受け取って大儲けする、いわゆる銀隠しだ」

「もしかして光則は、賭場に通ううちに、その両替商たちの企みを知ってしまったんじゃねえでしょうか？　それで、両替商たちが『黙っていてくれたら、儲かる商売を紹介しますよ』などとそそのかして……」

「それが贋作だったということか」

「あっし、また潜り込んでみます。結構色々な奴が集まってるんで、別の話も聞けるかもしれません」

「頼んだぞ！　骨董商などは決して見逃すなよ。よく調べてくれて、いつもありがとな」

「はっ。お役に立てて、嬉しいですぜ」

忠吾は、木暮に丁寧に頭を下げた。忠吾は大男で強面《こわもて》だが、木暮の忠実な手下なのだ。

# 第六話　温かな白雪糕《はくせつこう》

一

木暮は、忍藩の屋敷に乗り込みたいが、その権限はない。上役に訴えたくとも確証がなく困っていた。光則の部屋を虱潰《しらみつぶ》しに探しても、贋作らしきものは見つからなかった。

またも店にやってきて、木暮は浮かない顔で昼餉《ひるげ》を頼んだ。

「旦那、お疲れのようね。躰《からだ》には気をつけてね」

お市に出された料理に、木暮の顔が少し緩む。

「おっ、茄子《なす》の胡麻《ごま》味噌《みそ》煮《に》かあ」

「旦那、好きでしょ。たっぷり召し上がれ。胡麻味噌、元気が出るわ」

お市につられたかのように、木暮にも笑みが戻る。

「まあ、気掛かりなことは多くとも、旨いものを食う時は、それを忘れるもよし、と」

木暮は唇《くちびる》を舐めつつ、箸《はし》を持つ。白胡麻の掛かった、とろりとした艶《つや》やかな茄子が、食欲を誘う。乱切りにした茄子を胡麻油で炒《いた》め、醤油・味醂・味噌・鰹《かつお》出汁《だし》・水を加えて煮込み、白胡麻を振り掛けたものだ。

木暮は口一杯に頬張り、満面に笑みを浮かべ、言葉を発するのも忘れて味わう。

半分はそのまま、残りの茄子は御飯に載せて、掻っ込んだ。

「このコクのある汁が……堪《たま》らんのだ！」

その食べっぷりが、お市も嬉しい。

「味噌煮って、何でも味が良くなるわよね。中でも茄子は、相性が抜群」

「味噌ってのは万能だな。力も出るしな。戦国の武将ってのは、麦飯と味噌だけで戦ったというからなあ。凄いものだ、味噌というのは」

「本当に。ちょっとした隠し味にもなるしね。お菓子なんかにも使え……」

そこまで言って、お市ははっとしたように、胸に手を当てた。木暮は、もぐもぐ口を動かしながら、訊《たず》ねた。

「どうした？」

「え、ええ！　思い出したの！　手掛かりになりそうな、光則さんが言っていたことを」

木暮は軽く噎《む》せ、お茶で流し込んで、再び訊ねた。

「何て言ってたんだ？」

「ええ。ほら、私たち、吉田屋様が〈料理かるた〉を作る時にお手伝いしたって言ったでしょ。かるたの文句を考えたりして。あの時、光則さん、こんな文句を口にしたのよ。〝み〟で始まるもので〝味噌に隠したまことの思い〟って！」

「味噌に隠したまことの思い……か」

木暮は繰り返し、顎をさする。

「結局、もう少し七五調らしく直して〝味噌に籠めるはまことの思い隠し味〟という文句になったのだけれど。旦那、言ってたじゃない。光則さん、何かあった時に備えて、絵の中に〈助けてくれ〉という言伝を忍ばせていたんじゃないか、って。だから、かるたの文句にも忍ばせていたのかもしれないって、ふと思ったの」

「なるほど……。いや、お市さん、恩に着る！　見事な勘働きだ！　そうか、味噌か。味噌の中までは、さすがに探さねえよな。よし、今から行って、味噌の中を探ってくる！」

木暮は立ち上がり、凄い勢いで店を出ていった。竹川町の光則の住処へ飛んでいき、味噌を探す。なかなか在り場所が分からなかったが、木暮はようやく見つけた。

味噌は、土間の、水甕《みずがめ》の陰に置いてあった。木暮は味噌甕に手を突っ込み、探った。そして、見つけた。それは折り畳まれて、油紙に包まれた小さな木箱の中に入っていた。雪舟の絵の贋作と思《おぼ》しきもので、裏にはっきりと事件の経緯が書いてあった。

それによると、光則は日本橋の骨董商・唐津屋宗次郎《からつやそうじろう》の指示で偽絵を描かされ、金子を受け取っていたという。光則は惚れた女をどうしても身請けしたく、その金子を稼ぐために、そそのかされて加担してしまったとのことだった。

木暮は部下たちとともに〈唐津屋〉へ押し入り、隠し持っていた贋作をすべて押収し、お縄とした。

宗次郎を脅《おど》かすと、すぐに光則を監禁している場所を吐いた。忍藩の下屋敷の近くの、空き家だった。木暮はそこに飛んでいき、光則を見つけた。息も絶え絶えになりながらも助かっていたのだ。顔を腫《は》らし、着物はぼろぼろになり血が滲《にじ》んでいる。相当殴られ蹴られたということが、見て取れた。

木暮は察した。――光則以上に精巧な贋作を作れる者がほかにいず、それゆえ殺せなかったのだろう——と。

宗次郎の話から、おおよそのことは分かった。宗次郎は忍藩の若年寄《わかどしより》である羽《は》場直継《ばなおつぐ》と組んで、偽絵を売って金子を儲けていた。その羽場に雇われ、危ういことを任されていた破落戸《ごろつき》が年雄で、光則を付け狙って襲ったのも年雄の仕業《しわざ》だった。

「光則さん、偽絵商売に忍藩が絡んでいることにうすうす感づきはじめたらしいんです」

それで羽場は光則を消そうとしたが、贋作の腕が良いために消すのが惜しくなり、閉じ込めておいたのだろう。手下を使って、年雄は消してしまったが。

羽場を捕らえたいところだが、町奉行所の者は藩邸には踏み込めない。藩士が町地で罪でも犯さない限り、捕らえることが出来ないのだ。

木暮が手をこまねいているうちに、宗次郎も牢の中で何者かによって毒殺されてしまった。羽場の手下によるものと思われたが、まだ手がかりはない。おそらく牢番に金子でも握らせたのだろう。

木暮はお市の前で、愚痴《ぐち》をこぼした。

「光則は詐欺・偽造で罪に問われることになったのになあ。黒幕の羽場がのうの

うとしているなど、悔しい限りだ

溜息をつく木暮に、お市は「落ち込まないで」と酌をする。

「ありがとよ、慰めてくれて。しかし納得出来ねえなあ。羽場はあくどく儲けた金子を、遊里通いで散財してるってのにな」

「あら、色事好きなのね、羽場って人」

「そうよ。……だから俺、密かに願ってんだ。羽場の奴、色事に呆《ほう》けて何か起こして自滅してくれねえかなって。酒癖も悪いみたいだしよ」

「ふふ、町中で揉め事起こせば、捕らえられるかもしれないものね」

木暮は酒を啜りながら、お市を見つめる。その眼差《まなざ》しがいつもより熱いことを感じ、お市は訊ねた。

「何?」

「い、いや。相変わらず、いい女だと思ってな」

「嘘。何か隠してるでしょ。はっきり言ってよ」

「いやあ……」

木暮はちらちらとお市に目をやりつつ、黙ってしまう。

「言いたいことがあるんでしょ？　聞いてあげるわ」

「怒らねえか？」

「何を言ってるのよ、同心の旦那が！　怒るも怒らないもないわ。何？」

「いや、お市さん、悪《わり》いなあ……」

木暮はバツが悪そうな顔で話し始める。聞きながら、お市の目は点になった。

忍藩藩士である羽場直継はでっぷりとした躰を揺らしながら、山谷堀《さんやぼり》を歩いていた。今から猪牙舟《ちょきぶね》に乗り、吉原《よしわら》へ遊びにいくのだ。よい気分で口笛など吹いていると、柳《やなぎ》の木の下で、女に呼び止められた。

「旦那、吉原もいいけどさ、今宵はあたしと遊んでいかない？」

羽場は振り返り、目を見開いた。ふるいつきたくなるような女が立っていたからだ。

女は熟れた躰に、薄い紗の着物を纏っている。緋色の半襦袢が透けて見え、黒い紗の着物に、白い牡丹の模様が浮かび上がっている。大きく抜いた襟《えり》から覗く白いうなじが、また悩ましい。羽場はごくりと喉を鳴らした。

女は羽場に近づき、「ねえ」と手を握った。女の豊かな胸元に目をやりながら、羽場は「よかろう」とにやりと笑った。

女は羽場を、もやっている舟へと引っ張っていき、中へと連れ込んだ。

「舟饅頭《ふなまんじゆう》か」

羽場が言うと、女はただ、ふふと笑った。抱きつこうとする羽場をすり抜け、女は囁《ささや》いた。

「夜は長いわ。ゆっくり楽しみましょうよ」

ゆらゆらと揺れる舟の中、女に寿司を出され、羽場はそれをつまみながら酒を呑んだ。寿司は美味しく、酒が進んでつい呑み過ぎてしまった。さざめく波の音が、耳に心地よい。

「そろそろよいだろう」

女を組み伏せようとすると、女は羽場の下でくすくす笑い出した。

「なんだ？　何がおかしいのだ？」

「だって旦那、鯰に似てるんですもの」

「なんだと？」

「そっくりよ、鯰に」

女はけたたましく笑い、羽場を突き飛ばした。

「何をする」

「知ってる？　鯰が騒ぐと、災いがくるのよ。おとなしくしてたほうがいいの、鯰は」

女の顔からは笑みが消え、鋭い目つきになっている。羽場もドスを利かせた。

「どういう意味だ」

羽場は女を抱き寄せようとしたが、酒が廻っているためか、すり抜けられた。

「ふん。あんたみたいに間抜け面した阿呆《あほう》な男、大嫌いよ」

鼻で笑われ、羽場の頭に血が昇る。

「なんだと、この女！」

羽場は鬼の形相《ぎょうそう》になり、刀に手を掛ける。女は悲鳴を上げて舟から飛び出し、紗の着物を乱して逃げた。

「待て！　逃がさぬ！」

刀を振り回し、羽場は追い掛ける。

「俺を誰だと思っている！　女にこんな目に遭わされようとは！　それも舟饅頭に！」

酒が廻っている上に矜持《きょうじ》を傷つけられ、正気を失う。月の明かりだけが頼りの暗い夜道で、羽場は女に追いつき刀を振り上げた。羽場の目は血走り、満面に笑みが浮かんでいる。何度か辻斬《つじぎ》りをしたこともある羽場に、残虐《ざんぎゃく》の悦《よろこ》びが蘇ったのだろう。

女がけたたましい悲鳴を上げた時、数名の男が現われ、羽場を囲んだ。

「お主、侍の分際《ぶんざい》で何をしておる！」

闇に木暮の低い声が響く。木暮とその部下たちは、辻斬り未遂の咎《とが》で羽場を捕らえた。

羽場は木暮に、「酔ったはずみです。このような浅はかなことはもう決していたしません。だから、どうか藩には伝えないでください」と涙ながらに乞《こ》うた。江戸の町中で藩士が罪を犯した場合、町奉行所によって捕らえられて裁かれるが、重罪にしろ軽罪にしろ藩に通知することになっている。

木暮が贋作の罪についても問うと、羽場は真っ青になって震え始めた。

「こんなことが藩にばれたら、腹を切らされるだろうなあ」

木暮はにやにやしながら羽場をどつく。

「貴殿、相当儲けたんじゃないか。そのあくどい金子を今後どう使うつもりだ」

繰り返し脅しを掛けると、羽場は悲鳴を上げて屈した。

「ひいいっ！　どうか、どうか、御内密に……」

木暮は店にやってきて、お市に深々と頭を下げた。

「お市さんの活躍のおかげで、羽場に目に物見せることが出来た。御礼申し上げる」

「いいわよ、そんなに畏《かしこ》まらないで。お役に立ててよかったわ。……それに、結構楽しかったし。追い掛けられた時は怖かったけれど」

お市は目尻を垂らして笑った。羽場を惑わせた舟饅頭に扮《ふん》したのは、お市だったのだ。

木暮は頭を掻いた。

「お市さんには敵《かな》わねえなあ。……お市さんの色香がなければ、奴をおびき寄せることも出来なかったもんな。いやあ、まことに恩に着る」

お市に向かって、木暮は拝むように手を合わせた。

「やめてよ！　旦那、いつもうちに食べにいらしてくれるのだもの。たまにはお返しさせて。ね？」

お市に優しく見つめられ、木暮の鼻の下がだらしなく伸びる。木暮はにやにやしながら頷いた。

「もう、何度でも通っちまう、この店！〈はないちもんめ〉は最高だ、毎日来るぞ！」

店の中に、二人の笑い声が響いた。

二

葉月。中秋《ちゅうしゅう》の名月と呼ぶに相応《ふさわ》しい、黄金色の月が輝いている。

本田髷《ほんだまげ》で枯茶色《かれちゃ》の着流しを纏った、裕福な商人と思しき男が、本所の料理茶屋から出てきた。強か《したた》酔っているのだろう、端唄《はうた》などを口ずさみ、機嫌よく歩いていく。

男は時折立ち止まっては、月を見上げ、笑みを浮かべる。手にしている提灯の明かりより、月光のほうが魅力的なのだろう。

男は、何者かに尾《つ》けられていることも、気づいていないようだ。男は千鳥足《ちどりあし》で、ふらふらと歩いていく。男が立ち止まると、尾けている者も立ち止まる。

尾けている者は、頭巾を被って黒ずくめで、闇の中、目だけが光っている。

商人らしき男はふらふらと、草むらに入っていった。尿意を催したのだろう。

尾けていた者が、懐から匕首を取り出す。そして足音も立てずに素早く近づき、男の背中目掛けて匕首を振り上げようとした……その時だった。

「それまでだ！」

押し殺したような声が響き渡り、突然、煌々《こうこう》たる明かりが灯された。

襲おうとした者は、眩《まぶ》しさに目が眩《くら》んだように、たじろいだ。そして、捕り方に忽ち取り押さえられた。

「お前が怪しいと踏んで、見張っていたのだ」

頭巾が毟《むし》り取られた。少し垂れた目に、団子っ鼻。

豆腐屋の手代、庄太の顔が、そこにあった。


世間を騒がせた追い剝ぎは、庄太だった。

庄太は、病気がちな妹の面倒をみるため、どうしても金子が必要だった。薬代などが掛かり、豆腐屋の給金だけでは苦しく、罪を犯してしまったのだ。

なぜ、庄太を怪しいと踏んだか、それは〝花びら餅〟が決め手であった。

あの時、庄太は花びら餅を「真っ白で旨い」と言ったが、あの花びら餅には、うっすらと桃色がついていたのだ。

庄太のその言葉を聞いた時、お市も木暮も「もしや庄太さん、色の見え方が、普通の人と少し違うのかな」と気づいた。

木暮は思ったのだ。

――緑色の中に赤い手拭いを落としてそのまま去った者というのも、色を識別する感覚が、少し異なるのかもしれない――と。

そこで、庄太に目をつけたという訳だ。

庄太は、現代で言うところの「色覚障害」であった。薄桃色が白に見えたのは、そのためだ。緑と赤が識別出来ず、その色のものが重なり合っていても気づかぬこともあるという。

「豆腐は真っ白で、みずみずしくて、いいなあ」という口癖も、豆腐を扱う仕事ならば、色の見え方が普通と異なる自分も受け入れてもらえるという思いゆえ、だったのかもしれない。

庄太が捕まり、誰もが驚き、お紋は特に気落ちしてしまった。

「あんなに懸命に仕事してたのにねえ……。どうにか罪が軽くならないかね。妹さんのためにしたことだろう？　あんなに若いのにさ……悲しいねえ。私があの子に代わって、罪を償《つぐな》ってあげたいよ」

お紋は目に涙を滲ませる。お市は母親の肩にそっと手を置いた。

「悲しいけど、仕方ないわ。私だって助けてあげたいけれど、自分が犯した罪は、やはり自分しか償えないのよ」

お花は黙って二人を見ている。年雄の亡骸《なきがら》を目にしたことは衝撃が強く、お花もそれ以来塞《ふさ》いでいたのだが、庄太までが捕まり、いっそう寂しかった。

お花は何も言わず、二階へと上がっていく。目九蔵が着替えを終えて出てきて、お紋に皿を出した。

「召し上がってください。元気が出はる思います」

目九蔵は丁寧に挨拶をし、帰っていった。藍色の皿には、卵饅頭のようなものが載っている。玉子焼きのようにも見えるが、卵を蒸して作ったようだ。ふんわりと優しい姿のそれを、お紋はぼんやりと眺める。

「可愛いらしい食べ物ね。お母さん、食べてごらんなさいよ」

お市が微笑む。お紋は箸を延ばし、それを摘んで、口にした。蒸した卵が、舌の上で蕩けていく。潰した胡桃《くるみ》も混ざっていて、卵の甘みと胡桃の芳ばしさが合わさっている。もう、胡桃の時季だ。

「美味しいねえ……。擂《す》った山芋《やまいも》も入れてるね。だからこんなに、ふわふわなんだ。お市、あんたも食べてごらんよ」

お紋の顔が幾分穏やかになり、お市は安心する。お市も箸を延ばした。

「では、いただきます。……あ、本当だ！　味付けはたぶん、お酒とお醤油少し、ぐらいじゃない？　でも、いい味だわあ」

「ふふ。目九蔵さん、私を元気づけるために高い卵を使ったりして、奮発したね」

「いつもは出しゃばりな婆さんが落ち込んだりしていたら、そりゃ心配するでしょうよ、目九蔵さんだって」

「よくも言ったね」

母と娘は微笑み合う。不意に、お紋の目から涙がこぼれた。

「……やだね、歳取ると」

お紋は指で涙を拭い、蒸し卵を頬張る。お市は努めて明るく言った。

「お酒、用意してくるね。呑むでしょ？」

「あんた、気が利いてるじゃない。この料理には酒がなくちゃね」

洟を少し啜りながら、お紋が答える。お市は「ちょっと待っててね」と、板場へと行った。

木暮は、庄太が入れられている伝馬町《てんまちょう》の牢《ろう》屋敷に、赴いた。庄太は、狭い牢の中で縮こまっていた。

「差し入れを持ってきたぜ」

格子《こうし》越しに声を掛けると、庄太はぼんやりとした目で木暮を見た。木暮は入り口の錠《じょう》を外して少し開け、その隙間から包みを投げ入れ、すぐにまた閉めた。

「〈はないちもんめ〉の、お紋さんからだ。お紋さんが作ったらしいぜ。『これを食べたら元気が出るよ』とのことだ」

木暮はそう告げると、さっさと帰っていった。

庄太は暫く、紫色の小さな風呂敷包みを見つめていた。微かに震える手を延ばし、結び目を解いて、包みを開く。

真っ白な菓子が現われた。

庄太の目に映っているそれは、本当は真っ白ではないかもしれない。でも、庄太はどうしてか、真っ白に違いないと思った。庄太の目には、その菓子は、山の頂《いただき》に降り積もる雪のように、穢《けが》れのない色に映ったのだ。

それは白雪糕《はくせっこう》という、現に純白の菓子であった。落雁《らくがん》の一種であり、米・糯米《もちごめ》に砂糖・蓮《はす》の実などを混ぜ、蒸して作る。この乾菓子は、脾胃《ひい》を強くする薬菓子とされ、また母乳の代用品ともされた。

庄太は白雪糕を大切に手に持ち、齧った。なんとも優しい味わいが、口の中に広がる。

お紋の顔が浮かんだ。庄太は五つの時に自分の祖母を喪《うしな》っているので、その顔はうっすらとしか覚えていないが、お紋の顔と重なったように思えた。

庄太の目から涙がこぼれ落ちる。涙が混ざって、菓子が塩っぱくなる。それでも庄太には、お紋が作ってくれた白雪糕は、飛び切り甘く温かな味わいだった。

三

木暮は、豆千代に会いに、深川の見世〈はる屋〉を訪れた。

光則が捕まり、豆千代は憔悴してしまっている。

「おまえさんはもう自由だよ」

木暮は〈はる屋〉の主と女将も居る前で、豆千代に纏まった金子を見せた。

「こ、これはいったい……。光則さんが貯めてらしたんですか?」

目を丸くする女将に、木暮は苦い笑みを浮かべた。

「いや、光則さんではなく……光則さんと豆千代さんの一途《いちず》な思いに心を打たれた人からの、厚意と思っていただきたい」

この身請け金は、羽場直継が口止め料として「勝手に」出したものを、木暮が使ったのだった。

豆千代は泣き崩れた。


さて。

偽絵作りに関与していた直接の証拠はなく、お咎めはなかった阿部正権であったが、翌年の文政六年(一八二三)の三月に、忍藩は幕府より領地替えを命じられ、阿部家は百八十三年間にわたって統治した忍から白河《しらかわ》に移封《いほう》されることになった。そして阿部正権は、それから半年後、死去する。

表沙汰《おもてざた》にはならなかったがこの贋作の一件が、その後の阿部正権の運命を変えたのであろうか。それは定かではないが。

お花はまだ気持ちが晴れずにいた。店の休みの日〈お光〉に化けて小屋に出たものの調子が悪く、舞台が終わっても幽斎のところには寄らず、帰ってきてしまった。

そんな娘が気に掛かり、お市は励まそうと、料理を作る。お市はそれを皿に盛り、御飯と味噌汁とともに、お花に出した。

「煮物か……」

皿を眺め、お花は呟く。お市は娘に微笑んだ。

「滋養があって躰にいいわよ。食べてごらん」

里芋、人参《にんじん》、牛蒡、高野《こうや》豆腐の煮物。ほっこりと、穏やかな匂いを漂わせている。店では目九蔵に料理を任せているが、お市はこんな素朴な煮物を作るのがとても上手なのだ。お花は喉を鳴らした。

お花は煮物に箸を伸ばし、里芋を頬張った。

「うん」

ほくほくと円《まろ》やかな味わいに、思わず声が出てしまう。柔らかな里芋が、口の中でねっとりと蕩ける。濃くもなく薄くもない味付けは、お市の得意とするところだ。

次は人参に箸を伸ばす。これにも、絶妙な具合で味が染み込んでいる。素材の味を生かす味付けに、お花は目を細める。

お市は、野菜を出汁・醤油・味醂・酒・砂糖少々で煮るのだが、出汁は鰹と昆布を併せたものを使う。江戸では鰹出汁が主流で、店でもずっとそれを使っていたのだが、目九蔵に昆布出汁の良さを教えてもらったのだ。上方では、昆布出汁が主流である。

昆布出汁だけでも美味しいが、その二つを併せてみたところ、これが非常に美味で、煮物などに使うことにした。円やかなコクが出るのだ。

お花はこのところ食欲も失せていたが、この煮物はひたすら頬張った。御飯も進むし、味噌汁も一段と味わい深い。

お市とお紋は頷き合う。お花に食欲が戻ってきて、安心したのだ。

「……牛蒡、柔らかいね」

お花は思わず言った。煮物に入っているのもそうだが、味噌汁の中の牛蒡もとても柔らかかった。娘の言葉に、お市は喜んだ。

「そうでしょ？　下ごしらえする時、酢水で煮たのよ」

「酢？」

「そう。お酢で煮ると、牛蒡って柔らかくなるのよ。円やかになるには、酸っぱい経験も必要なのかもしれないわ。まあ、堅いってのは、若い証でもあるだろうけれど。羨ましいわあ、若いって」

お市は微笑み、娘に目配せする。

お花はお市から目を逸らし、煮物をじっと見た。牛蒡・人参・里芋が、お花・お市・お紋を表わしているかのように、寄り添っている。汁をたっぷり吸って、嚙み締めるとそれが口の中にじゅわっと広がる、実《げ》に柔らかな高野豆腐。それは、どんなお客をも受け入れて和ませる店〈はないちもんめ〉を表わすのだろうか。

母親の情が胸に染みるが、涙など浮かべない。お花は小さい頃から、殆ど泣かない娘だったのだ。

お花は黙々と食べ「ごちそうさん」と、箸を置いた。

「美味しかった？」

「……まあね」

胃ノ腑が温かさで満ちていても、照れてしまって素直に美味しいと言えない。

そんなお花を、お市もお紋も、優しい眼差しで見つめている。不意に、お紋が言った。

「……しかし、あんたが牛蒡食べてるの見て、思ったんだよね。共食いってこういうことをいうのか、って」

お花がお紋を睨む。その、ぎょろりと大きな目には、炎が灯っていた。

「うるせえよ、婆あ！　金時芋《きんときいも》みたいな顔しやがって！　蒸し器にぶちこんで、蒸《ふ》かして食ってやろうか？　そんで腹でも壊して死んだら、化けて出てやるからな！」

久々の孫の啖呵に、お紋は欠けた前歯を覗かせ、手を叩いて笑った。

「そうそう、お花、お前はそうじゃなくちゃね！　安心したよ。その調子だ！」

隣で、お市も笑っている。

お花は、年雄に渡された珊瑚の簪を、亀島川へ投げ捨てた。きらきらと輝きながら川に呑み込まれていく簪を、お花は歯を食い縛って、眺めていた。

長月《ながつき》（九月）に入り、単衣《ひとえ》から袷《あわせ》に衣替えをする。もうすっかり秋で、空も日に日に高くなる。

金木犀《きんもくせい》の香りが漂う中、お花はお鈴とお雛とともに、庄太の妹のお種を見舞いにいった。

お種は、長屋の皆に面倒を見てもらうことになった。

木暮は羽場が出した口止め料を、こちらにもいくらか充てたのだ。

木暮の計らいで良い医者に看《み》てもらっているので、もう少しすれば、お種は元気になり、寺子屋へもまた通えるだろう。

お種は、起き上がることが出来るぐらいになっていた。お鈴とお雛も嬉しそうだ。

「顔色良くなったね！」

「お師匠様も、お種ちゃんのこと気に掛けてるよ」

「ありがとう……。早くよくなるね」

お種はやはりどこか寂しげではあるが、励ましてもらって嬉しいのだろう、笑みを浮かべている。

お花は風呂敷を広げて重箱を取り出し、蓋《ふた》を開けた。中を覗き込み、女児たちは声を上げる。

「うわあ、素敵！」

「これは油揚げ？　中に何か詰まっているみたい」

「干瓢で結んであるの？」

お花は女児たちを見回し、笑みを浮かべた。

「食べてごらん」

女児たちは笑顔で頷き、重箱に手を伸ばす。真っ先にお鈴が頬張り、声を上げた。

「あっ、お揚げの中に、お餅が入ってる！」

「ほんとだ！　こんなの初めて食べる！」

お雛も嬉々とする。お種も両手で持って口に含み、目を見開いた。

「あ……お餅に何か混ざってるわ。これは……栗？」

「そのとおり！　茹でた栗を細かく砕いて、その粒を混ぜたんだ。皆、美味しいかい？」

「とっても！」

女児たちが笑顔で声を揃える。お花は得意げに腕を組んだ。

「それはよかった。この餅巾着《もちきんちゃく》、あたいが作ったんだよ」

「ええ、そうなんですか？」

皆、目を丸くする。

「そんなに吃驚《びっくり》しなくてもいいだろ。こう見えても、あたい、料理は結構好きなんだよ」

そしてお花はお種を見つめ、微笑んだ。

「餅を食べると力がつくんだよ。力もち、って言うだろ？　だから、お種ちゃん、沢山食べて力をつけな」

「はい……ありがとうございます」

お種は微かに目を潤ませ、頷く。お花はお種の小さな頭を、優しく撫でた。

女児たちはお花を囲み、餅巾着に舌鼓を打った。

「もうすぐ重陽《ちょうよう》の節句だね」

「お種ちゃん、元気になったら、菊見に行こうよ」

「菊人形、見たいわ……」

お種は、白い頰を、ほんのり染める。

どこからか、鵯《ひよどり》の啼き声が聞こえてくる。

お蘭が、近くで暮らすことになった豆千代を連れて〈はないちもんめ〉を訪れた。

「住む長屋は決めましたので、これからどうするかは、ゆっくり考えたいと思います」

豆千代改め〝お陽《よう》〟は、そう言った。

「それがいいと思います。暫くはのんびりなさってください」

お市は二人に、下り酒の〝花筏《はないかだ》〟を出した。

すると木暮がやってきて、お蘭とお陽を目敏《めざと》く見つけ「よう！」と馴れ馴れしく声を掛ける。どうやら、ほかで一杯やってきたようだ。

「これはこれは、美女がお揃いで！」

木暮が寄ってくる。忍藩の贋作の件と追い剥ぎの件、両方を解決し、上役にも褒められ、木暮はこのところ上機嫌なのだ。

お陽は背筋を正し、木暮に礼をした。

「色々と本当にありがとうございました」

「そんな堅苦しいのは、もう、いいってことよ！　まあ、人生なんてのは、俺なんかでも色々あるけどよ、まあ、楽しくいこう！　めげずに生きてりゃ、いつかいいことがあるもんだ」

「……はい」

お陽が目を潤ませたところへ、お紋がぬっと現われ、口を挟む。

「叩かれても、蹴られても、踏みにじられても、めげずにね。日暮の旦那みたいに」

「だから、日暮じゃなくて、木暮だって言ってんだろうよ」

木暮はぶつぶつ文句を垂れつつ、厚かましくもお陽の隣に腰を下ろす。

「まあ、仲良くやろう。あ、お市さん、こちらのお二人に酒をもう一本と、何か旨いものを差し上げて。俺にも同じものを頼む」

「……かしこまりました」

お市は木暮を冷ややかな目で見る。お蘭とお陽の二人の美女を相手に、鼻の下を伸ばしているのが気に食わないのだ。木暮に惚れている訳では決してないが、自分を目当てに通っている男がほかの女に目移りしていたら、面白くなくて当然である。しかもお市は木暮に頼まれて、自らの身を危険に晒したのでもあるから。

お市は膨れっ面で板場へと行き、料理と酒を持って、戻った。

湯気が立っている椀を見て、三人は笑みを浮かべる。黒い漆塗《うるしぬ》りの椀には、大きな油揚げと葱がたっぷり載った、饂飩《うどん》が入っていた。

「今宵は少し冷えますからね。こんな夜には、温かなお饂飩などがよろしいかと。召し上がれ」

お市が微笑む。三人は早速、饂飩を啜った。

「うわ、これはいい!」

「もちもちして、柔らかくて歯応えあって、いいわあ」

お蘭が身をくねらせ、声を上げる。

「出汁も利いてますね。ああ、こんな美味しいお饂飩を食べたの、どれぐらいぶりかしら。温かい、とっても」

汁を啜り、お陽が感慨深げに言う。お蘭はお陽の細い肩をさすり、微笑んだ。

「これからは、温まりたくなったら、いつでもこの店にくればいいのよ」

お陽は食べる手を止め、お市とお紋を見た。二人とも笑みを浮かべ、頷いてい
る。お陽は「はい」と言って、お市とお紋に、再び丁寧に礼をした。

「ここは気さくな店だからな。お陽さん、いつでもいらっしゃい。俺もいつも来てるのでね。それで、どうだい?　今度は俺の妾に……なんてな」

木暮は戯言《ざれごと》を放ち、一人で「わはは」と笑っている。そんな木暮を、お市もお紋も生温《ぬる》い笑みを浮かべて見ていた。

お蘭もお陽も、汁の味がとても気に入ったようだ。木暮も満足げに息をついた。

「うむ。饂飩と葱というのは、どうしてこれほど合うのだろうな。色々なものが載っていなくても、このように葱と油揚げだけで、充分だ。いや、葱だけでもいいほどだ」

木暮は饂飩と汁を交互に啜って、唸る。お市はにっこり微笑んだ。

「あら、旦那。目九蔵さん自慢の味付けですから、お揚げも是非召し上がってみてくださいな」

「そう、とっても美味しいわ、このお揚げ」

「ええ、頬張ると、口の中に汁がじゅわっと広がるんです。それがまた、濃くもなく薄くもなく、上品な味わいなの」

お蘭とお陽は、油揚げも気に入ったようだ。女たちに勧められ、木暮もその気になる。

「うむ。そうか。では、いただいてみよう」

木暮は油揚げをがぶりと頰張り、笑顔で嚙み締めた。

そして……みるみる形相《ぎょうそう》を変え、首を手で押さえて、叫んだ。

「か、かっ、かっ、辛いっ！　なんだこれはっ！」

木暮は徳利を摑み、酒を喉に流し込む。お蘭とお陽は——何が起きたのかしら——というように、きょとんとした。

顔を茹蛸《ゆでだこ》のように真っ赤にしてぜいぜい言っている木暮を見ながら、お市もお紋も笑いを嚙み殺している。

木暮の油揚げに、唐辛子《とうがらし》をたっぷり詰めていたのだ。目九蔵には内緒で、お市が密かに忍ばせたのである。

お市はお花に水を持ってこさせ、木暮に渡してやった。水を流し込む木暮に、お紋が微笑んだ。

「この頃、旦那、手柄立てて、ちょっと調子に乗ってっからさ。お灸《きゅう》据えてやったって訳だ。どうせすぐにまた、へマやらかすだろうけどさ」

「な……何を。失敬な婆あだな、本当によ！　大きなお世話だってんだ。酷いことしやがって」

よほど辛かったのだろう、木暮はまだ顔を顰めている。そんな木暮に、お花も微笑む。

「そんなに怒っちゃ嫌だよ、日暮の旦那」

「日暮じゃなくて、木暮だってんだ！」

不貞腐《ふてくさ》れている木暮を囲んで、女たちは笑い声を響かせる。

いがみ合い、笑い合い、〈はないちもんめ〉は今宵も賑やかだ。

一〇〇字書評

切り取り線

はないちもんめ

| 購買動機（新聞、雑誌名を記入するか、あるいは○をつけてください） | |
|---|---|
| □（　　　　　　　　）の広告を見て | |
| □（　　　　　　　　）の書評を見て | |
| □ 知人のすすめで | □ タイトルに惹かれて |
| □ カバーが良かったから | □ 内容が面白そうだから |
| □ 好きな作家だから | □ 好きな分野の本だから |

・最近、最も感銘を受けた作品名をお書き下さい

・あなたのお好きな作家名をお書き下さい

・その他、ご要望がありましたらお書き下さい

| | | | | | |
|---|---|---|---|---|---|
| 住所 | 〒 | | | | |
| 氏名 | | 職業 | | 年齢 | |
| Eメール | ※携帯には配信できません | | 新刊情報等のメール配信を 希望する・しない | | |

この本の感想を、編集部までお寄せいただけたらありがたく存じます。今後の企画の参考にさせていただきます。Eメールでも結構です。

いただいた「一〇〇字書評」は、新聞・雑誌等に紹介させていただくことがあります。その場合はお礼として特製図書カードを差し上げます。

前ページの原稿用紙に書評をお書きの上、切り取り、左記までお送り下さい。宛先の住所は不要です。

なお、ご記入いただいたお名前、ご住所等は、書評紹介の事前了解、謝礼のお届けのためだけに利用し、そのほかの目的のために利用することはありません。

〒一〇一‐八七〇一
祥伝社文庫編集長　坂口芳和
電話　〇三（三二六五）二〇八〇

祥伝社ホームページの「ブックレビュー」からも、書き込めます。

http://www.shodensha.co.jp/bookreview/

祥伝社文庫

# はないちもんめ


平成30年 6月20日　初版第1刷発行
平成30年 7月15日　　　 第2刷発行

著　者　有馬美季子《ありまみきこ》
発行者　辻　浩明
発行所　祥伝社《しょうでんしゃ》
東京都千代田区神田神保町3-3
〒101-8701
電話　03（3265）2081（販売部）
電話　03（3265）2080（編集部）
電話　03（3265）3622（業務部）
http://www.shodensha.co.jp/

印刷所　堀内印刷
製本所　ナショナル製本
カバーフォーマットデザイン　中原達治





Printed in Japan ©2018, Mikiko Arima　ISBN978-4-396-34433-7 C0193

# 祥伝社文庫の好評既刊

有馬美季子 **縄のれん福寿《ふくじゅ》** 細腕お園《その》美味草紙

〈福寿〉の料理は人を元気づけると評判だ。女将・お園の心づくしの一品が、人と人とを温かく包み込む江戸料理帖。

有馬美季子 **さくら餅** 縄のれん福寿②

生みの母を捜しに、信州から出てきた連太郎《れんたろう》。お園の温かな料理が、健気《けなげ》に悩み惑う少年を導いていく。

有馬美季子 **出立《でた》ちの膳** 縄のれん福寿③

一瞬見えたあの男は、失踪した亭主なのか。落とした紙片に書かれた謎の食材を手がかりに、お園は旅に出る。

有馬美季子 **源氏豆腐《げんじどうふ》** 縄のれん福寿④

〈福寿〉に危機が⁉ 近所に出来た京料理屋に客を根こそぎ取られた。だがお園は信念を曲げず、板場に立ち続ける。

有馬美季子 **縁結び蕎麦《そば》** 縄のれん福寿⑤

大切な思い出はいつも、美味しい料理とつながっている。細腕お園の心づくしが胸を打つ、絶品料理帖。

井川香四郎 **取替屋《とりかえや》** 新・神楽坂咲花堂①

お宝を贋物《にせもの》にすり替える盗人が跋扈《ばっこ》する中、江戸にあの男が戻ってきた！綸太郎は心の真贋まで見抜けるのか⁉

# 祥伝社文庫の好評既刊

# 祥伝社文庫の好評既刊

辻堂 魁
修羅《しゅら》の契《ちぎ》り 風の市兵衛 弐《に》㉒
病弱の妻の薬礼のため人斬りになった男を斬った市兵衛。男の子供たちを引きとり、共に暮らし始めたのだが……。

野口 卓
軍鶏侍《しゃもさむらい》
闘鶏の美しさに魅入られた隠居剣士が、藩の政争に巻き込まれる。流麗な筆致で武士の哀切を描く。

野口 卓
獺祭《だっさい》 軍鶏侍②
細谷正充《ほそやまさみつ》氏、驚嘆！　侍として峻烈に生き、剣の師として弟子たちの成長に悩み、温かく見守る姿を描いた傑作。

野口 卓
猫の椀
「短編作家・野口卓の腕前もまた、嬉しくなるほど極上なのだ」――縄田一男氏賞賛。江戸の人々を温かく描く短編集。

野口 卓
飛翔 軍鶏侍③
小梛治宣《おなぎはるのぶ》氏、感嘆！　冒頭から読み心地抜群。師と弟子が互いに成長していく成長譚としての味わい深さ。

野口 卓
水を出る 軍鶏侍④
源太夫の導く道は、剣のみにあらず。強くなれ――弟子、息子、苦悩するものに寄り添う軍鶏侍。

# 祥伝社文庫の好評既刊

野口　卓　**ふたたびの園瀬**　軍鶏侍⑤

軍鶏侍の一番弟子が、江戸の娘に恋をした。美しい風景の故郷に一緒に帰ることを夢見るふたりの運命は——。

野口　卓　**危機**　軍鶏侍⑥

園瀬に迫る公儀の影。もしや、狙いは祭りそのもの？　民が待ち望む盆踊りを前に、軍鶏侍は藩を守れるのか!?

野口　卓　**遊び奉行**　軍鶏侍外伝

遊び奉行に降格させられた藩主の側室の子・九頭目一亀《くずめいっき》。その陰には、乱れた藩政を糺《ただ》すための遠大な策略が！

山本一力　**大川わたり**

「二十両をけえし終わるまでは、大川を渡るんじゃねえ……」——博徒親分と約束した銀次。ところが……。

山本一力　**深川駕籠《ふかがわかご》**

駕籠舁《かごか》き・新太郎は飛脚《ひきゃく》、鳶《とび》の三人と深川↔高輪往復の速さを競うことに——道中には様々な難関が！

山本一力　深川駕籠　**お神酒《みき》徳利**

尚平のもとに、想い人・おゆきをさらったとの手紙が届く。堅気《かたぎ》の仕業ではないと考えた新太郎は……。